풀

엄환섭 제8시집

풀

문지사

여덟 번째 시집을 내면서

이 시대의 시는 쓸모가 있는가 없는가에 대해서 생각해본다. 쓸모가 있다 없다의 문제가 아니라는 점에 도달하게 된다. 왜란 단서를 붙여보면 쉽게 이해할 수 있기 때문이다. 내 속에 내 마음이 있고 없고의 어리석은 질문이기 때문이다.

인간이 있는 한, 내가 있는 한 쓸모가 있다는 점이 시의 정체성이고 나의 정체성이다. 시는 내 마음속에 노래고 내 마음속에 들풀 같은 존재라고 조심스럽게 고백해본다.

여기 이 글들은 내 여덟 번째 시집이다.
시도 서사구조를 가지고 있어 장문인데 제목조차 항상 긴 시 집을 냈다. 이번에는 제목만이라도 짧은 시집을 내고 싶었다. 고민할 것도 없이 '풀'이라는 제목을 붙였다.

나는 혼자 수많은 숲길을 걸으면서 느낀 것을 시로 쓰고 싶었다. 내 속에 느낌만 가지고 작품이 되는 것은 아니었다.
가을 야산의 희디흰 구절초꽃, 그리고 겨울 숲의 수많은 낙엽들. 온 천지에 하얗게 내리는 눈송이들 대자연 속에 나만 혼탁한 영혼으로 살고 있다는 마음의 위기의식에서 자연을 더 깊이 관찰하고 자연의 향기를 더 깊이 느끼기 위해 조용한 밤에도 낮에도 흙길을 맨발로 걸어보았다.

삶의 비린 냄새가 폴폴 풍기는 야생의 무한한 생명력과 땅에 떨어져 뒹구는 스산한 낙엽과 마른 풀잎들의 구수한 향기는 자연의 작고 하찮은 일부라 여길 수 있지만, 이 지구의 미래의 생명력이라는 것을 생각해 보았다. 자연 사랑이 시의 첫걸음이라는 것을 부끄럽게 고백해본다.

시의 존재는 곧 자연 속에 나의 존재라는 것이리라.

나는 풀이고 바람. 내 눈도 코도 입도 혀도 마음도 흙냄새 나고 풀향기 나면 좋겠다. 땅에는 끝없이 풀이 자라나고 내 마음에는 끝없이 시가 자라난다. 풀이 소생하거나 죽거나 시가 소생하거나 죽거나 하는 것은 별다른 의미가 없다.

흰 구름 붉은 햇빛 속의 날이나 검은 구름 비 오는 날이나 하늘 밑에 땅 위의 날이기는 똑같다.

인간은 자연의 무한한 힘 속의 나약한 존재.

나는 나를 버릴 때 자연에 더 가까이 갈 수 있지 않을까

나를 버리지 못해 시를 또 쓰고 있나 않은지.

차례

2

3

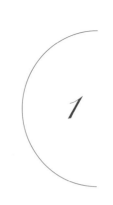

풀

나는 좋은 아가미를 가지고 있지
아가미에 줄기가 자라고 잎이 돋아난다
영원토록 나는 한 곳에서 누웠다 일어서고
일어섰다 눕는다
나는 당신을 알지
바랭이 강아지풀 숨죽인다
가느다란 몸에 바람을 감고 감아
살 속에 박힌 울음을 온몸으로 토해낸다
풀이 운다
천근 만근 골바람 불면
바닥에 납작 엎드려
팔다리 몸통까지 오체투지한다
마디마디 거친 숨
꿈에서조차 숨 쉬는 방식을 배운다
살려고 하면 죽고 죽으려고 하면 산다는 말을 누가 했던가
하늘에다 땅에다 온몸 구부려
내 안에 솟구쳐 오르는 분노들
들개 이빨보다 잔인한 칼날들
흐르는 바람 소리 물소리에 문득 귀를 열어
춤추듯 하늘거리며 가장 낮은 자세로
한 줄 영감으로 바람만 남을 생
재가 되어도 끓어 앉는다

틈

우리는 한껏 부풀어 오른 우리를 내려다보며 책을
뒤적거렸다 전국 관광안내도 장편소설
홍어 문어 옛날식 해산물 조리법에 대한 흥미로운 글도
읽었다
식물에서 동물 이야기까지 읽었다

인위적인지 자연발생적인지 모르겠지만 어디선가 옛날
동물 사진이 발견되었다
불사조 연구단에 의해

그들은 비를 맞고 볕을 쪼이길 반복하며 제각각 살고 있다
제각각이 아니면 불안하니까

매일 다른 구절을 읽어도 매일 느낌은 똑같다

무엇이 다른 구절을 읽어도 똑같은 느낌으로 끊임없이
훼손하는가
과학은 자연에 대한 치명적인 죄악이다
프로이트의 정신분석학이나 엘리스의 합리 정서
행동치료(REBT)같은 정신과학은 아니지만

설명할 것도 매일 잊어버린 것도 작은 의자에 얌전히 구겨

넣고 기다린다

　나무 의자에 앉아 있으면 생각나는 것이 많다
　프라스틱 의자에 앉아 있으면 생각 나는 것이 없다
　비합리적 정서와 합리적 정서는 무엇이 다를까
　그것은 옛날식 귀여운 물총싸움과
　현란한 일인칭 전자 총싸움과 같은 것일까

　아들이 쇠 의자에 앉아 등뼈를 구부리고 사나운 게임을
한다

　나무토막들 위로 뜨거운 기차가 규칙적인 소리를 내며
달빛 속을 달린다
　귀여운 물방울 안에 작은 파이터는 막을 내리고

　꽃보다 휴대폰

　책보다 잔인한 전자 게임

　이국의 빛과 온도는 동물 사진

　나무 잎사귀와 해변은 식물 사진

서방 신세 망치고 집안 망친 년 무서운 마귀할멈 악담은
전자 장편소설

여기에 규칙적인 것은 없다 예상 가능한 일도 없다 보전
가능한 것도 지울 수 있는 것도 없다

1월 2일 바빠 2월 5일 더 바빠
계속 가팔라지는 날개

나무 의자에 앉아야만 진정되는 것이 있다
나무 의자에 앉아야만 편안한 것이 있다
나 좀 안아줘 나무 의자에게 말한다
나무 의자는 틈이다
나무는 너무 자연적이어서 그 향기가 천년을 배회한다

빛과 구멍

사람이 살지 않은 산속
다락방
그 안에 출렁이는 그림자가 있다

내 눈썹 안에
그림자가 번갈아 가면서 출렁이고 있다
그칠 줄 모르는
빛과 그림자
눈 속으로 들어온 티는 자꾸 머들 거리고 뿌리가 길다

둘이서 하는 숨바꼭질은
아무도 살지 않는 산속 집에서도
내 눈썹 안에도 끝이 없다

술래는 숨은 것만
생각해야 해
숨은 것은
술래만 생각해야 해

한 마장쯤 밀고 가는 고요한 빛
무너지지 않고
없어지지 않고 밀려가는 그림자 그 꼬리가 길다

빛이 그림자를 다 퍼낼 수도 없어
그림자가 빛을 다 퍼낼 수도 없어

또다시 숨어버리고

눈썹을 깜박이며 털어 버리면 된다고 하는 내가 있고
부드럽게 누운 듯 서 있는 눈썹이 있고

두 눈 다 뜨고도 얼굴에 묻은 얼룩은 보지 못하고
옷이 더러워진다고 화내는 내가 있다

내 안에 들어온 너는 깃털이 무성하고 뿌리가 길다

비

내 온몸이 물투성이 같다
이런 말을 하면 왠지 다리 밑까지 물에 젖어
둥근 공같이 둥둥 떠오른다
배꼽 속으로 도망치던 물도 둥 둥
동그란 못질로 구멍을 파며 반질거린다

눈이 호동그레한 강둑이
옷이 젖어 옷을 다 벗고 강속으로 뛰어든다

버드나무 아래 갈대인지 억새인지 사람 키보다 더 높이
솟구쳐 올라 상모를 돌리고 있는 머리를 밟고 걸어 나오는
붉은 물결들
컴퓨터 책상 밑의 방까지 물이 고여 마음이 젖는다
아마도 비의 뒷모습이겠지
비록 아름답지 않아도 그다지 슬프지 않다
하늘을 시샘한 애꿎은 날씨의 뒷모습과 앞모습들

강가에 모여 앉은 지붕들이 비를 맞고 꾸벅꾸벅 졸고 있다

비는 거취 따위를 남에게 묻지 않는다
냄새란 없고 소리 따위만 작열하다

긴 정적만이 세상에 다정하다

까놓든 덮어놓든 고집불통
작열한 최후를 맞이하는 날인 듯 험한 빗줄기가
안으로 뛰어들고 밖으로 뛰어나와 소리친다

휘어진 골목길 안엔
어둠보다 더 짙은 단아한 신발장만 조용하다

보이는 것마다
바람과 물 뿐이다
나는 발바닥까지 물에 감겨
까닭 없는 눈물이 스며들고 스며나와
조용히 내 눈꺼풀 창을 닫는다

벌떼

승천한다 윙윙
비행기도 윙윙 차도 윙윙 바람도 윙윙 파도도 윙윙 승천
한다
숨 가쁘던 잎사귀에 이슬이 편히 당도한다

이가 없으면 잇몸으로 살아야지 하고
할머니가 말했다
틀니가 없어도 생선도 먹고 참외도 먹는다
할머니는 이 없다고 바나나만 먹으란 법이 어딨어
삼겹살이며 한우 갈비도 먹어야지

아버지는 거미줄을 보면서 허공을 거꾸로 딛고 살아서는
안 된다고 했다
사람과 사는 강아지도 땅을 파지 않더냐고 했다
나는 거미처럼 아무 소리도 없이 거미줄을 타고 다니며
산다 에스컬레이터 엘리베이터
허공을 윙윙 날아다니다 보면 불안증에 걸릴 만도 한데
빨래를 잘 걷어서 그런지 나는 이 세계에 대해 고개를
끄덕이기도 한다
유령처럼 위아래로 전후좌우로 흔들리지도 않고 둥둥 잘
떠다닌다
아무리 오랫동안 허공을 오르고 내려도 두통도 없이 잠도
잘 잔다

상큼한 오렌지를 먹어서 그런가

여덟 손가락 욕정에 불덩어리 부끄러워서 언비하고도
물 흐르듯 도도하게 일필휘지 붓 글 쓰는 일타 스님
세상에 불가능이란 없단다

여왕벌의 턱짓 한 번에 매료당한 벌떼들 웅성웅성 소리
내며 윙윙 날아다니고 있다
블랙 쿠폰 할인까지 받아 윙윙 날아오르고 있다
팝콘처럼 녹아서는 안 된다고 윙윙 매일 날아오르고 또
날아올라 승천한다
하루하루 하늘 높이 올라가는 건물도 승천한다

올림픽 금메달도 인간의 운명도 하늘이 점지해 준다는데
겨드랑이에 발가락이 자라는 꿈을 꾼 날에는
겨드랑이에 발꼬랑내가 진동했다
꿈에서 발도 없고 손도 없는 날에는
허공을 날아다니며 땅에서 걷는 두려움을 피했다
악몽인지 길몽인지 엉덩이에서 찌릿찌릿하게 발이 자라는
통증도
수치로 계산할 수 없는 삶의 전개 방식은 모두 미지수
아니면 무리수

너구리

내 이름은 너구리
얇은 뱃가죽을 숨기려 주먹을 꼭 쥐고 태어났다
땅딸막한 몸매 짧은 다리
고래고래 소리치는 입이 있어도
지느러미 없는 치어의 작은 입 모양을 하고 숨을 최대한
죽인다
문 바깥에 대해서 동태를 살핀다
새파랗고 밝은 것보다 눅눅한 어둠과 그늘을 좋아 한다
오죽하면 너구리 같은 족속이라고 했을까
뾰족한 것 모난 것 둥근 것 모두 주둥이에 꾸역꾸역 밀어
넣고 과식해 위장을 게워내는 동족들 졸음이 발병하는 오후
2시가 좋아
두 팔 두 발 다 접고 비좁은 굴에 온몸을 웅크리고 오침을
한다
가죽 소파와 폭신한 양모 카펫이 깔려 있는 복도를
상상하면서
아 그때 굴에 우수수 모래와 흙이 떨어진다

버드나무 잿빛 나라 해충
수양산 그늘이 강동 팔십리를 간다는 나리들
내가 살짝 졸면서 왜 자신감에 취한 개가 주인공으로
나오는 영화 장면이 떠오를까
나라를 구하겠다고 나 아니면 안된다고 나서는 사람이

여기저기 무더기로 쏟아진다
　지하상가는 항상 영업 중
　책상을 보며 생각한다
　넓고 깊은 저택에 벽이 자꾸 생겨나
　미닫이와 여닫이로도 열 수 없단다
　마음의 문도 열리는 게 세상 이치라는데

　손이 차가워서 무섭다
　앞에서도 뒤에서도 옆에서도 자박자박 발자국 소리 들리
는 것도 무섭다
　얼굴 손 다리 제멋대로 주저앉아버린다
　다른 한쪽에 문이 하나 더 있으면 좋겠다
　상처투성이의 손금을 털어내려고
　손바닥을 자꾸만 흔들어도 흙먼지만 우수수 떨어진다
　버려둔 손발 가락 마디마디 아팠는지
　가장 빨리 죽는 건 악몽이 아니라 길몽이라고 말을 한다

　내가 머리가 나쁠 거라 다들 생각하지만
　그건 모르는 소리
　곰 표범 호랑이 만나도 겁내지 않고
　나름 머리 써서 털 바짝 세우고
　온몸을 부풀부풀 부풀린다

나팔꽃

거꾸로 우산을 펼쳐 든 너
골목을 깨우기 위해 어둠을 밀치는 것도
내일을 부화시키려 햇살을 당기는 것도
세상을 나직이 펼치는 것도
너의 몫
세상에 얼굴을 수집하는 꽃

네 눈 안에 녹두 같은 상상이 구슬같이
굴러다닌다
파란 우산 요정이
꽃과 꽃 사이
혀와 혀 사이
나풀나풀 맨발로 걸어볼래
엊그제 비는 왔지만
햇볕 얼굴에 덮고 왼쪽으로만 돌고 있다
기쁜 소식을 기다리는지 반가운 사람을 기다리는지

솜털 쌓인 방안을 문 두드려
퇴화하는 기억을 손 오그려 맞잡고
가슴 속 깊은 창고에서 꽃잎 꺼내 머리에 이고
엇각인지 둔각이지 애꾸눈 질끈 감았다 뜨고
세상에 귀란 귀는 모두 다 활짝 열어

네 안에 네 밖에 통 나팔을 울컥울컥 소리 없이 불고 있다

세상의 밑바닥 온기를 끌어모아 푸른 등불을 비춘다
세상이 메말라 꿈틀대며 권태를 느낄 때쯤에도
좁은 나팔관 속에서 형을 견디고 있다

교복 바짓가랑이 벌려 만든 나팔바지
필사적으로 매달린 나팔

네 삶의 방향은 왼쪽으로만 걸어가는 외눈박이 바보
땅과 하늘의 경계선에서 팽팽하게 당겼다 활짝 펴보는
물오른 나
한 생각 한 얼굴 기다리는 듯
매일 우산 속 꿈을 꾸며 절름발이처럼 우쭐우쭐 거린다

환도실

풀어놓은 물감 사이로
사다리를 타고 올라간 별나라
그림책 위에 올라앉은 구례마을에 오면
보이지 않는 방이 하나 있습니다
하늘인지 땅인지 알 수 없는 칼의 방을
환도실이라고 말합니다
옛이야기는 아이스크림을 뒤집어쓴 아이의 코처럼 커졌다
작아졌다 하기 일쑤죠
출렁이는 숲속에서 말을 타고 용무늬 새긴 고리 달린 칼을
옆구리에 차고
금귀봉 하얀 과녁 겨누던 키 큰 사내
누가 저 입 다문 사내를 보고 장군이라 불렀습 니까
그 형형한 눈빛이
구례에 여울처럼 맴돌고
부딪쳐 퍼덕거리며 날 세운 옛날
신라 백제 고구려 삼국 시대
시간이 흐를수록 깊어지는 역사
달내강 파도 높아 너울대며 흐릅니다
바람 불어 흔들리는 청솔가지에 손 넣으면
손안에서 흘러내리는 구름들이 달콤한 사과 같은
오래된 마을 구례에서 펜 끝으로 불러냅니다
큰 환도 하나

칼전

산전수전

칼로 다진 감자전 고추전

예나 지금이나 여자나 남자나 무슨 사랑이 그리 많아

칼로 부딪치고 다독이며

그림자조차 보이지 않는 옛이야기를 창 너머 멀리까지

두 손 들고 팔랑입니다

실버

팔각정 정자 위에 모자들이 모인다

고개를 숙이고 있는 모자 장기를 두고 있는 모자 신문을 읽고 있는 모자 옆 사람과 말을 하는 모자 하얀 머리 위에 빛 쏟아진다 그 속에 모자들이 그림자를 만든다

얇은 등 돌리고 주운 담배꽁초에 불을 붙이는 모자도 있다

글쎄 저 장면은 영화가 상영될 때 살짝 졸고 있는 한 장면 같다

영화 포스터에 은색 실버 배우는 없지만 여기서는 청춘은 더 어색하다

저 문 바깥에 대해서 우리 그냥 사는 이야기는 없다

이 문 안에 들어오면 청춘은 어색한 대화나 어색한 관계다

그러나 그 관계없는 관계가 그립다 지난 시간을 빌려와 연애를 하고 싶다

저 문 바깥에 폭신한 양모와 비상구 유도등을 따라 세상 모든 문을 닫는 것까지 이야기하자

느티나무 사이에 긴장이 고조되고 붉은 봄바람이 관통한다

마음은 문이요 글쎄 그런 것이라면 온 세상에 문들은 다 열리는 여닫이로 설명하면 될까

나뭇잎도 미동도 하지 않는데 팔각정 계단이 흘러내린다

계단을 잡은 손이 부들부들 떨린다

한 줄 두 줄 삐걱거리는 대화 구겨진 걸음들 총을 겨눌 때보다. 더 떨린다

피는 한 방울도 흘리지 않았는데 쓰러지는 장면이 자주 있다

이제 의자가 필요하다 의자 깊숙이 엉덩이를 밀어 넣고 따뜻해지는 체온

몸에서 오려낸 손발을 하나둘 의자에 의지한다

하늘 땅 문 열리고 해변이나 숲 구름 위를 미끄러지는 새 떼가 등장하는 따위 대화는 하기 힘든다 대화는 자세만으로도 알 수 있다

아무 일도 벌어지지 않는데

그러니까 당번으로 우유를 나르는 복도가 자빠진 채 펼쳐진 시간들

보이지 않는 복도가 더 많아지고 있다

음악은 언제부터 구름 속으로 실종되어 까마득히 모른다

모자가 머리에 등장하고부터

그러니까 태양이 하얀 머리칼에 닿고부터 오래된 구운 빵처럼 메말라 가고부터 챙이 넓지도 좁지도 않은 모자가 영화처럼 등장한다

나뭇잎이 메말라 위태롭고 어항 속 물고기는 바닥에

가라앉는다

　각진 정도 둥근 정도 다 떨어진 얼굴도 채 가리지 못하는
모자가 문득 쓸쓸한 그림자를 드리우고 그 밑에 병든 짐승
같은 내가 있다

　모자 하나둘 날아가기 시작한다

　돌담길 따라 무상점심 기다리는 무표정한 줄 길게 늘어
선다

　확신 없이 머리를 감싸는 모자가 사라졌다 모여들었다
한다

　팔각정에도 골목길 안 복지관에서도 둥근 모자에 블라
우스를 입은 할머니가 등을 툭 치면 우리 한식집에 가자한다

돌연변이

나는 날개를 가진 포유류일까 흥건하게 두근거리는 가슴
태어나면 걸친 다리가 폴짝폴짝 뛴다 그렇담 양서류일까
아니야 걸음마다 열 개의 다리로 넓은 입으로 거품을
뽀글거리며 바다를 연주하는 것을 보면
바다의 질지 동물일까 잿빛 갯벌 위로 한 줌의 꿈을 꾸고
산다고 고백할까
태어나면서 걸친 두꺼운 갑옷이 낯설어서 울면 목에서
흘러나오는 바다의 잡음이 무수해진다
눈을 3개나 가지고 앞뒤 좌우 사방팔방을 감지하는 나는
무엇일까
두 눈 사이에 하나의 눈을 더 가지고 태어난 나는 돌연
변이
내 옆에 붙어 있던 나의 형제는 나에게 눈만 하나 남겨
놓고 어디로 갔을까
떨어진 자리에 얼어붙은 낙엽 같은 게 눈 하나 둘 셋 어디
로 갈지 아는 듯한 슬픈 표정을 붙잡고 있다
주변에 흐르는 물이 있는가 하면 가시 같이 거친 소나무
숲이 있고 손바닥을 이마에 붙였다 뗐다 하면 조잘조잘
거리고 또 잘 조련된 날카로운 가위손이 있다
손바닥으로 이마를 가리고 전력을 다해 걷는 사람은 나와
같은 동족일 거야
맹수의 손으로 얼굴을 가리고 등에는 딱딱한 갑옷을
걸치고 곤봉을 휘두르는 자신을 상상해본다

보일 듯 말 듯 소중해지는 잘 보이지 않는 것들의 움직임을 찾아 오늘도 끝없이 헤매고 있다

불평 없이 걸음을 멈춘 구름을 보며 기묘하게 균형을 유지하는 나의 생각 없는 생각들

우는 자에게 위안은 더 많이 우는 것이라 했던가

물속에서는 물을 뱉고 솟구칠 때 모든 모의는 그 틈 사이에 생긴다

맹수들은 언제나 심장을 겨냥하는 법

손을 흔들거나 휘파람을 불지 않는다

눈만 뜨고 달려온다

그 눈빛은 언제나 심장을 겨냥한다

바위틈에 숨어서 사는 나는 지나가는 포식자를 보면 숨을 멈추고 나를 감춘다

야생은 이처럼 안전선 밖에서 위험이 도사리고 있다

얼굴들을 모두 감춰 주는 어두운 밤이 나에게는 평화다

기묘하게 균형을 유지하려는 책상과 옷장과 침대가 말없이 싸우는 인간의 집

무엇엔가 부딪혀 집으로 돌아가지 못한 소식들이 파도치는 바다

나와 다른 반듯한 눈코입 오렌지로 지은 집은 달고 시원한 오렌지족 야자로 지은 집은 물이

풍족한 야타족 여의도의 개집은 신천지 치카치카 이를

갈며 짖는다

　겉만 중시하는 위선자들은 니스를 여기저기 칠한다

　얼굴에도 등에도 달에도 니스칠을 한다

　집을 찾아가라고 속삭이는 누가 있다 눈이 있다

　나는 목도 없는 목을 들고 푸른 하늘을 빤히 쳐다본다

　나는 바다에 팔 다리가 떠내려가고 몇 개의 눈이 바다에 떠내려가고

　한 마리 두 마리 열 마리 나의 친구들이 절벽을 엉금엉금 기어오른다

　엄마가 나는 아무도 닮지 않았다고 말했다

　나는 게 매 끼니를 눈물로 시작하고 눈물로 진정하고 눈물로 마무리한다

　빈 몸으로 잘 끓어오르는 물 커피 물 국수 후루룩 후루룩 거리며 속삭임을 멈추지 않는다

　뼈도 가시도 없어 후루룩 후루룩 몸속에서 비 오는 소리가 난다

　지금 내 몸에 하루를 순환하는 발은 열 개 눈은 세 개

　젖은 옷을 입은 체 나를 말리고 싶어 책상과 걸상 옷장과 침대에서 게 꿈을 꾸고 있다

　나조차 없는 느낌의 나를 찾아 손끝에서 심장까지 햇살을 담고 별보다 밤이 빛나는 밤에

　야행성 눈을 반짝이고 있다

새 소식

외롭다는 것과 고독한 것 사이에 온기도 적고 생기도 적은
딱딱한 고목 나무 한 그루가 자라고 있습니다 문득 홀로
잠입하는 쓸쓸한 그림자

나뭇잎이 약간 어두운 그늘을 배경으로 비로소 집이라는
우아한 이름을 가집니다

나뭇가지의 질감에 따라 집이 달라집니다

손바닥 같은 나뭇잎으로 입술을 삐죽 내밀지만 그건 가장
강인한 삶의 표현입니다

스며든 빗물 위에 거미의 벽화 위에 조명 같은 햇빛이
숨어있는 거미를 비춥니다

오고 가는 말들이 많아지는 계절은 깊은 골목 끝까지 모
두가 귀를 세우고 있습니다

헝클어진 나뭇잎도 밀림 속 하루를 발목에 감으며 핸
드폰도 보고 문자도 보냅니다

할아버지 할머니가 손자들에게 불려 나갑니다

홀로 잠입한 짐승처럼 TV는 나오고 특종으로 여고생 발
냄새 맛 치킨이 출시되자 남성들이 몰려들었다는 외신이
앙코르로 흘러나옵니다

갈라진 구름 사이에 푸른 하늘이 나뭇가지를 들추고
들어오고 그 사이 한 폭의 봄은 두 날개를 펼칩니다 그때
진달래 개나리 산수유 가지가 지지직 거리고 기지국
무선 안테나에 무제한 데이터가 나오고 하늘은 북상하는

꽃소식에 몸살을 앓습니다. 물오른 나뭇가지가 지나가는 안개의 젖을 빨고 그때 매혹적인 하얀 뱀이 땅을 들추고 안개가 흐르는 동굴 밖으로 무지개를 동반하고 나옵니다

그 사이 세상의 표준 온도 차는 심합니다 그 사이 납작한 호주머니에 찔러 넣은 손가락들이 주머니 밖으로 나옵니다

갈라진 구름 사이에 전화벨이 지지직거리고 전화로 통화하는 내내 나비와 꽃은 매혹적인 자세로 날고 그 속에선 안개가 흐르고 있습니다

구름은 언제부터 봄비를 음악으로 준비하고 있습니다 모두 어서 나와 음악 시간입니다

목관악기로 플루트 콘서트는 시작됩니다 나무의 소리는 대체로 푸르고 얇게 굴러갑니다 자라나는 나무의 영혼은 펄럭이면서 또 울기도 합니다

실금이 수북한 나무는 감금 상태 창밖에 햇살이 수북 해지면서 사면 되기 시작합니다

물론 세상에는 점령할 수 없는 국경처럼 엄마에게 맞아 우는 아이도 있고 살인범도 있기 마련입니다 하늘이 휘파 람을 작곡하고 새소리를 편곡하는 어느 날 민무늬 토끼 처럼 얼굴에 금이 가고 지구촌에 모래폭풍이 불기도 합니다

천지를 모르는 검은 뱀이 나무를 오르다 추락합니다

몰래 흘리는 눈물과 뜨거운 맹세가 반짝이고 뱀의 유 전자를 뱀 속에도 세상에도 심고 있습니다

동전 앞면 아니면 뒷면의 시간이 새처럼 날아오릅니다

동네 어귀에 박힌 느티나무의 쓱쓱 등 긁어줄 사람들이 모이면 구멍이 뚫린 나뭇가지도 잎이 반짝거리고 순하디순한 나무의 키가 사람보다 더 높기에 나뭇잎 향기는 뭉치고 흩어지고 떠돌다 완성됩니다

봄을 향해 걸어가는 신발들을 따라가면 하얀 아이들 웃음소리가 들립니다

출구와 입구가 함께 있는 역에서 기차 소리가 길게 울립니다

벚꽃 눈이 온다

이름 없는 울음소리
땅에서 나무 뒤에서 허공에서 운다
하얀 드레스를 꺼내놓은 심장 같은 벚꽃잎이
나무에서 떨어져 흩날린다
천근만근 무거운 짐을 벗어 던진다
폭풍우가 온몸을 뒤흔들고 백지보다 가벼운 몸
조각조각 떨어져 하얀 꽃눈이 휘날린다
하늘 높이 날아오른다
곤두박질친다
말없이 부스러지며 운다
심장이 멈출듯한 고통의 숨소리일까
돌아오겠다는 편지 속 글귀들이
차가운 바람에 수없이 날아간다
괜찮다 하면서도
돌아오는 발걸음은 하나도 없다
지나가는 바람 끝에
온 천지에 꽃눈이 온다
꽃이 진다
끝없는 이별을 하며
길긴 숨 이어가는 나무들의 열매가
붉은 햇빛을 왈칵 잡아당긴다

발자국

　인적 드문 절집 아궁이부터 숲속까지 발자국이 길게 나
있다
　마르고 습한 세속의 온기
　몽롱하게 날아다니던 하얀 눈

　언 땅이 고라니 발목까지 타박타박 놓아주고
　뒤엉킨 생각도 뒤돌아볼 생각도 없는 발자국
　하얀 침묵이 엎드린 정적 속으로 기어들고 있다

　그림자도 서성일 수 없는 차가운 발자국
　혹한을 견디다 얼어 버린 나무들
　베풀지 않아서 꽁꽁 얼어 버린 세상
　고라니 울음소리가 빈 솥에 가득 고인다

　하얀 침묵이 새 빛에 불타오른다
　새로 눈뜬 사랑은 무엇일까

　세속의 미련들이
　한 꺼풀 두 꺼풀 덮여 있고
　굶주리고 목마른 새끼의 맑은 눈동자가 있는 산속은 은빛
곡선을 따라 가물가물 빛나고
　축축한 발자국 속에 걱정을 남겨 두고 산으로 돌아간 어

미의 발자국

바람이 바스락바스락 거리고
입김도 하얗게 얼어간다

지워야 할 생각
지우지 못한 생각
모두 지운 후에야
하얗게 빛나는 세상일까

한 발 두 발
아무것도 없는 산속에
빈 동냥 발자국만 동네로 외롭게 나 있다

마로니에

허공에 겹겹이 피어난 잎 잎
흰 듯 노란 듯 별을 품은 꽃잎이 빛난다
촉수마다 가늘게 휘어져 깊숙이 박혀 있는
꽃술이 날개가 되어 몽롱한 별 꿈을 꾼다
하늘의 심장 나무의 심장
이국 멀리서 날아온 나무
우리는 익숙하지 않다
최초에 뿌리가 사람을 지켜보기 때문일까
한 나무의 숲이 밀고 들어온다
위풍당당한 몸짓
우리는 위로 위로 쳐다보고 산다

크고 실한 원목의 가지만 고집하는 팔순의 아버지가
이국적인 것도 안락함이 되는 거라면
최후의 의지는 흔해 빠진 익숙함이 아니라며
손발이 삐걱거리던 60대에 심었단다

예술가는 밤이 되면 딱딱한 공장들도 별을 품은 나무들이
된다
고흐의 꽃이 핀 마로니에는 하늘에 별이 단단히 꽂혀 가지
마다 잎 잎마다 몽롱한 꿈을 꾼다
삶은 환상

꿈도 환상
그리고 삶도 꿈도 아닌 것도 별을 품고 있다

한 세상 버텨내는 뼈대가 되어감이 무엇인지 마로니에 나
무를 보란다
희망의 탄탄대로가 팔뚝처럼 뻗쳐 있는
꿈꾸는 자들의 끝없는 마음을 보란다

나무 한 그루 만나
나무의 눈을 본다
쉴 사이 없이 태어나는 별을 본다
작은 캠퍼스 위에서 몽롱한 꿈을 꾸는 고흐를 본다

눈 속 마녀

거울을 본다 눈 속에 눈이
바스락 바스락 소리없이 떨린다
눈 속에 이물질이 있을까
눈 속의 갈등 착란이 있을까
빨간색 풍선이 부풀어 오르고 있다
푸른색 풍선이 부풀어 오르고 있다
눈 속의 마녀

공손한 말들만 눈 속에 넣고 충분히 휴식한 후 녹색 여행
을 즐겨야 한다는 의사 선생의 말씀을
마당굿에 던져본다
흩어지는 붉은 도깨비 점괘들

거울은 본다 오늘도 화면 가득히
무궁한 앞날을 빌어주는 친절한 눈이 불규칙하게 구멍
뚫린
두 개의 거죽 주머니 속에서 불안하게 움직인다
검은 안구가 엉망이구면 눈 속 세계들이 안개로 가득하
구면
이왕이면 영웅담 이왕이면 자연 대서사시 뿌연 안개 같은
자전소설 쓴다

눈 안에 이물감인지 안구건조증인지 알 수 없는 불편
눈을 감아도 눈을 떠도 눈이 시리다
오늘의 비극은 병의 이름을 알 수 없다는 것

무난한 것이 아니면 안 되나
안 되는 게 어디 있어 글로벌 시대에 디지털 시대에
업데이트만 가능하면 서비스 로얄에 도달하지
지구의 남극점에 도달하지

오늘의 비극은 병의 이름을 모른다는 것
오늘의 희극은 병의 이름이 있다는 것

밤마다 마녀가 다녀간 자리마다 자라난 실눈꼽이 눈 앞을
가린다
마녀가 집을 비운 눈 안에 누군가 소곤거린다. 아무리
절정이라도 정점이라도 최고조라도 안 된다고 십자가로만
된다고

눈 속에 마녀가 있을까
잘린 머리카락이 있을까 악성 미세모래알이 있을까
자꾸 눈이 떨린다

행성

우주는 조금씩 부풀고
멧종다리 울음이 한낮을 저미다가
방안에 들어서서 밖에 있는 별을 본다
안에서 바깥이 더 환한 까닭은 뭘까
콩알 크기 행성의 떠들썩한 흥분에
산수유꽃이 오늘 밤에 피려나
창고 안에 자라던 하등 동물의 울음이 감나무 가지 끝에
매달려
감꽃이 피려나
월여산 지릿제 고개의 철쭉꽃 손발 씻는 소리에
속으로 살기 위한 내 편안한 밤이 당도하려나
우리는 같은 간격으로 서로 멀어져 가도 우주는 같은 궤
도로 같은 좌표로 돌고 있나
뭍에 바다에 손발 씻은 우주가 트여 있어서
우리는 어쩔 수 없이 우주로 부풀어 오르며 광신도의 얼굴
을 하고 복권을 사고 있는 나
영에서 시작된 좌표만큼 같은 비율로 돌아오고 돌아가는
시간은 변수
생각은 흩어졌다 모였다 내 밖에서 떠도나
아득한 게 너무 고요해서 쓸쓸한 행성 그
그 행성 다시 올 것 같지 않다가 어느 날에는 아무렇지도
않게 다가오는데

찌그러진 궤도를 가진 별은 없는데

사람은 변수 하늘에서 칼날이 떨어지는 꿈을 꾸나

꿈 밖에 꿈을 또 꾸나

우주의 공전주기를 늦추고 싶은 사람은 서둘러 우주여
행을 떠나지만

우주로 항해 출발하는 항공권 예약 서류는 늘어나고

항공사에 심장이 뚫려버린 별은 우주에서 길을 잃고
순식간에 늙어버렸나

우주 속에 유영하는 쓰레기가 하루하루 늘어나도

어제와 오늘같이 내일도 산수유꽃 감꽃 철쭉꽃은 피려나

복제

빨랫감을 돌린다
그때 내 손도 집어 넣어버렸다
손바닥 없는 머리 위의 햇빛 때문에 아무것도 보이지 않
는다
온 세상이 빙글빙글 아래서 위로 위에서 아래로 탁한 거품
을 안고 뒤죽박죽 돌아간다
우르르 쾅쾅 천둥 친다
내 내력을 알기 위해 어머니를 찾는다 무서운 음모에 휘말
려 의문사했을까
어머니는 그 어디에서도 없다
최초에 나를 낳은 어머니가 있기나 한건지 나의 발자국도
어머니의 발자국도 보이지 않는다
자꾸만 어디다 무엇을 흘리고만 다닌다
그림자도 갖지 못한 것들이 멍이 드는 세상에 헬멧을 쓴
태양이 이동한다
천장에 발등이 걸리고 머리에서 고양이 꼬리가 자라고
이발소 그림에서는 초록빛의 풀이 자라난다 뒤죽박죽
헝클망클 마이클잭슨 가면 각시탈
양발을 꺼내 신는다 없는 발바닥을 감추기 위해서

손바닥만한 렌즈에 잡힌 맹수처럼 포효하는 사람
문득 누군가의 무서운 눈빛이 한참 서 있다 천천히 사라
진다

사람의 머리카락에서 언덕의 잔뿌리가 뻗는다

사람의 손톱 발톱에는 풀이 자라나고 나무가 자라난다

시간을 무시하고 연결할 수 있는 매개체들 과거 현재 미래
가 뒤틀린다

일어나지 않는 일 때문에 고민하다 헬멧을 쓴 사람 사람의
영생이 가능해진 미래 얼터드 카본 뒤바뀐 육체 탄소의 질
량은 무궁무진한 미래에 미래

빙판 위에 스쿠터가 달릴 준비를 한다 당분간은 바닥만
생각하기로 한다 새 문신을 팔뚝에 묶어서 달리기 시작한다

우체국은 편지 아닌 것만 배달하고 나는 롯데 껌을 씹으며
핀란드만 생각한다 한층 더 다른 세상으로 가기 위해서다
기다림에 익숙해진 횡단보도는 다른 길을 가기 위해서
밟히고 밟히며 고요히 누워있다

오래된 컵을 뒤집고

마음은 접어놓고 입들만 흩뿌린다

아직 어머니는 죽지 않았을까 아니 나보다 더 젊지는 않
을까

문틈마다 번지고 있는 눈빛들이 움직인다 물기 서린 발
자국도 부풀어 오른다

강물

강은 물고기를 기르기 좋습니다
물고기의 주파수는 물결 소리로도 들을 수 있어요
나는 흘러가기 좋은 무게로 태어났습니다
나는 누구입니까
내가 내 속을 향해 매일 울고있습니다
밤새 별이 내 속에서 반짝반짝 빛나고 있습니다
나는 과거입니까 나는 미래입니까
물고기의 미소는 뽀글거리는 하얀 물거품
나는 흘러가는 무게로 살고 있습니다
구름의 고도는 새의 군무 같아 너울거립니다
파도칩니다.
나의 입김이 조용히 햇살을 따라 옮겨 다니면 나무가
자라납니다
새들이 흩어지는 틈 사이로 내가 끼어들기도 합니다
나는 붉은 패딩을 입고 길을 걷는 사람들까지
마르고 갈라지고 부서지는 축축한 걱정을
매일 목을 놓아 울면서 하고 있습니다
나뭇가지 사이로 새어 나가는 바람을
누가 어찌 안다 할 수 있을까요 어찌 막는다고 할 수 있
을까요
나는 다시 아무도 모르게 태어나고 있습니다
물과 물 사이 나무와 나무 사이 사람과 사람 사이

불안한 나는 항상 태어나고 죽고 있습니다

어쩌다 몸의 한 곳이 부서질 때마다

푸른 파도가 휘몰아칩니다

푸른 꽃잎 하나 둘

푸른 숨결 하나 둘

매일 태어나면서 죽고 죽으면서 태어나고 있습니다

석류

손 안에 붉은 유혹
이토록 완전하고 단단한 붉은 실체를 보았나
등줄기 타고 가다 한 알 두 알
담묵에서 중묵 농묵까지 판막으로 감싸고
붉은 과녁 겨누며 피 뚝뚝 흘리며
결 따라 줄 따라 옹기종기
가슴팍에 파도 더 높다
시린 손발 한 알 두 알 바퀴 돌리고 몰리고 뭉치고
도무지 닫혀 있던 붉은 입
고함과 해야 할 일만 하는 성찰을 보았나
어둠이 녹고 녹아 기어코 풀어헤친 진경 속 달콤한 씨방
기다림 외로움 미움 사랑 매만지며 별이 되어 손끝으로
다독 다독이다
한꺼번에 자지러지는 한 송이
석류가 석류인 채 무르익는 붉은 즙의 시간에 수많은 낱알
붉은 사랑 붉은 마음 붉은 기도를 한다
한 알 한 알 사랑으로 피 끓는다
나는 중심이며 주변이다 우리
서로 똑같은 나는 너다 너는 나다
어둠이 막히고 막혀 기어코 풀어헤친 진경 속 달콤한 씨
방들
기다림도 외로움도 미움도 사랑도 매만지며 달빛 별빛

되어 손끝으로 다독 다독 거리다

　한꺼번에 자지러지는 석류 한 송이에 수많은 빨강 낱알들

　사랑의 실천 생활의 개선 마음의 기도 등이 맛있게 익어
터진다 그 향기가 천지에 진동한다

　망쳐버린 작은 공만한 꽃밭에 동그란 입술들이 환하게
불을 켠다

물속의 마을

어느 여름날 무릉계에 가고 말았다
무릉 속의 폐허를
사라진 마을을 보고 말았다
여름을 건너가고 있는 그 창끝에 옛 산하의 눈동자가
나를 보고 만 것이다

합천호는 고대 왕국 가야 시절부터 있었던 경남 합천군
봉산면 대병면이 수몰된 호수다
합천호 속에서 벌써 쉰내가 난다
왕버들 군락도 꾸불꾸불 비포장길도 넘어지고 떨어져 강
속에 처박혀서 귀신의 그림자로 떠오르고 있나 작은 연못에
물방개로 떠오르고 있나 여름 한 볕에 까맣게 반들거리고
있나
나는 실과 허의 통증도 없이 아득히 눈멀고 말았다

뻐꾸기 시계가 잠시 멈추면 한여름 땡볕에 온몸이 상처여
도 합천호는 낡은 등뼈도 갈비뼈도 지류에서 다 보여 준다
댐의 수위가 낮아지며 옛 마을은 수면 위로 천천히 떠오른다
사라진 마을이 흑백으로 잠시 나타난다 이곳은 외갓집이
있는 마을
사라진 출렁다리도 아련하고 술곡 금굴도 아련하다
창포 어리연꽃 싸리꽃 개나리꽃 진달래꽃 까맣게 사라진

호수 속은 생명의 푸른 빛 한점 없다

물의 무개에 짓눌려 잠든 자들이 일제히 깨어나면 그 외침은 북극성까지 도달하고 한낮인데도 마음속에 풍겨오는 풍경들이 나풀거린다 그 괴경(塊莖) 속에 숨기고 있는 약도 독도 다 보여준다

어디선가 떠오르는 고향길 고향마을 그 어디쯤 토담집 마당 깊은 그늘 속에 황소 울음소리가 아득히 들려오고 병아리가 삐약거린다 환청을 돛 삼아 피지 않는 숲에 바람을 읽고 한때 모이던 사람들의 탯줄 끊긴 그림자가 무리지어 나타난다 피지 않는 숲이 바람 없이 흔들린다

붉은 비포장길이 나오는 호수를 본적 있나

오늘 나는 맨발바닥이 검게 변하도록 옛길을 걷고 있다

불볕더위가 천지에 감돌면 시들시들 풀과 나뭇잎이 마르고 뻐꾸기 시계가 잠시 멈춘다

수십 년 수백 년 녹지 않는 길게 구부러진 길이 길게 그림자를 드리운다

물밑의 꿈틀거리는 용맥을 본다

나무 없는 나무에 풀잎 없는 풀잎에 이슬들이 옹기종기 모여서 웅성거린다

물 없는 호수 속에서 무겁의 현호색꽃이 바람에 흔들린다

혹은 비 혹은 나

삶인가 죽음인가
저 하얀 형이상적 피사체

동그란 얼굴
몸은 없다
표정조차 알 길 없다

저것은 무엇일까

뒤틀린 몸짓
천지에 절규한다
혹은 비
혹은 나

어느 하늘을 돌아왔을까

내 쓸쓸함의 새

집 짓는 소리 일까

땅 파는 소리일까

아무도 아프지 않게
꽃병 안에 꽃들이 다 피어났다

내 집 창가에 오래도록
우는 사람 하나둘
젖은 사람 하나둘

남자 같기도 하고 여자 같기도 한

새… 머무는 새… 머무지 않는 새…
비 같기도 하고
나 같기도 한

내 밖의 나

나는 끔찍하게 숨이 거칠었다
숨을 죽인다

눈동자를 밖으로 내보낸다
밖으로 나간 눈동자가 창문을 들여다 본다
나를 들여다 본다
손 내밀면 만져질 듯 흔들리고 있는
내 밖에 내 얼굴이 뿌옇게 흐려진다
순식간에 온 얼굴에 바람이 차 올랐다
아니 숨이 차올랐다
안과 밖에 뿌연 안개가 자욱하다

세상에 바람이 불고 있다
내 속에 바람이 불고 있다
바람은 굉장히 힘이 세었다 나는 절을 하고 싶었다
하늘과 땅을 흔드는 바람을 진정시키고 싶었다

이제 창문은 열리지 않는다
창문이 보이지 않는다
액자 속에 구름이 둥둥 떠 있다

전자시계 안에서 숫자가 밖으로 나올 때마다

숫자들이 부화한다

숫자들이 날아가고 있다
내가 날아가고 있다
꽃병 안의 꽃들도 다 날아갔다
나의 중심이 사라진 거야

오장이 끓어올라 뒤틀린 몸짓
넘치듯 꿈틀대며 기어코 꺼내고 싶은 나의 진심
창문 밖으로 사라진 나는 찾을 길이 없다

앞에 섰다 뒤에 섰다 옆에 섰다
나를 따라다니는 나의 그림자만 있을 뿐

가을 관현악

이따금 속삭임 나지막이

어떤 작은 몸짓이 하늘로 솟아오른다
내가 창문 밖으로 눈동자를 내보낸다
조용히 반복적으로 아무것도 요구하지 않는 요구가 있는
것일까
소리와 소리 사이 몸과 몸 사이
금속성의 눈빛 몸짓 잠깐 반복적으로 불빛이 반짝인다
실내악 관악 현악 합동 연주한다
소리는 천 곳 만 곳
땅 위에 하늘 아래서
천사들이 내는 소리일까
내 마음의 소리일까
기도하는 간절한 눈물일까
안으로 돌아가 어떤 것도 다치게 하지 않는
사나움이 없는 조용하고 아름다움 몸짓 발짓
귀뚤귀뚤- 와- 와- 싸- 싸-
어떤-
낯선-
낯설지 않은-
의지할 곳 없는-
의지할 곳 있는-

떨어진 옷에 바느질하듯 가슴 깊이 새기는 소리가 난다
세계를 가득 채우고 있는 낮은 아주 낮은 하늘의 소리일까
아님 나무의 소리일까 풀잎의 소리일까
그리고 그 어원을 알 수 없는 생의 고비를 넘어가는 듯한
소리일까

난 당신을 기다린다고 생각하나 아님 기다리나
어두운 시간의 힘줄을 만지며
기다림 안에서 내가 한없이 우는 소리인가
천사들이 내 눈물을 가져가나
가을이 가파르게 깊어가나
나지막이 밤에 우는 그 소리가 난데없이 악수를 청한다

그 밤에 그 논에 개구리 울음소리

가지도 보지도 않고 허공에 떠도는 몇만 장 개구리 울음
소리가 논 속에서 논 밖에서 들린다
저쪽 산에도 이쪽 산에도 냄새도 없이 모양도 없이 소리
하나로만 와 닿았었다
삶의 지도 한 장 같은 산속의 다락논
그리움이 떠도는 앞 산에 뒷 산에 개구리 울음소리 요란
했었다
슬플 때는 바람처럼 물처럼 시끄럽게 기쁠 때는 꽃처럼
가만히 소리 없이
삶의 입안에 혀로 침을 뱉으며 소리를 내뱉었었다
그리고 발밑을 내려다보면 물이 논두렁 안에서 조용히
잠잤었다
입안에 우주 마음 속에 별 나뭇잎 사이에 파란 하늘
새 울음소리 개구리 울음소리 나무 울음소리 모두 그 어원
은 어디일까
다만 멜로로 가고 액션으로 올 뿐이다
테너는 조용하게 베이스는 근엄하게
개굴개굴 숨죽여 노래했었는지 울고 있었는지
물에 감긴 팔다리도 물에 젖은 몸통도 모두 소리를 뱉었
었다
꿈속 같은 배경의 아버지도 어머니도 나도 동생도 죄 모여
서 공연도 관객도 의식하지 않고

울퉁불퉁한 목소리로 가슴이 저리도록 울지 않고 울었었고

울면서 울지 않았었고 소프라노로 뜨겁게 알토로 편안하게 논 속에는 얼마나 많은 입들이 들어있었을까 손에 묻은 흙까지 친절한 악수를 했을 거야

소고삐를 바투 쥐고 소가 발소리를 죽이며 새끼 잃은 어미의 울음을 울었었다 산 너머 다락논에서

아래서 위로 하늘을 올려다보며 UFO 모양의 구름들이

한없이 위로 위로 올라갔었고 그 사이사이 오래도록 소리를 남기기 위해 개굴개굴 울었었다 손가락 발가락 몇 개 더 있었다면 구름 속으로 들어가 하늘 속으로 들어가 눈물 속으로 들어가 그곳에 숨겨져 있는 열쇠 없는 울음을

숫자 없는 울음을 더 많이 찾아낼 수 있었을까

논바닥에서 하늘에서 테너로 베이스로 크고 작은 울음소리 속으로 들어갔었다

아프고 싶은 날에 아프지 않고

하고 싶은 게 많은 날에는 아무것도 하지 못하고

늦은 밤에야 간신히 나는

저 산 너머 논 속에 얼마나 많은 우는 입들이 모여있어

천 리 밖에 있어도 내 귀에는 그 개구리 울음소리 그 산 울음소리 시끄럽게 들린다

모과 열매

그의 입안에 덧니가 점점 커지고 있다
입 밖으로 돌출한 불편함이란
삼각형이 될지 사각형이 될지 울퉁불퉁한
도깨비방망이가 될지 아직은 아무것도 모른다
어쨌든 이곳에 떠밀려 들어온 야생은 선택의 여지가 없다
씩씩해지거나 뻔뻔해지거나 야무질 것은 분명한 사실이다
그렇다면 달콤한 안개의 유혹도 참아야 하고
매몰찬 바람도 이겨야 하고
조련한 무서운 먹구름도 먹어야 산다
겨울 눈보라도 뜨거운 심장으로 꼭 품어야 하고
봄을 시샘하는 엄청난 바람도 엉성한 덧니로 꾹꾹 눌러야
산다
어느 여름철의 천둥 번개도 이빨 하나로 꽉 물고 대롱대롱
매달려 산다
모든 권력은 입안에서 이빨로 옮겨갈 때 몸이 무거워지는
법
울퉁불퉁 덧니들이 자라 열매로 자라날 땐
그 어떤 못생김의 극치도 아름다운 법
아무리 거친 세상의 외모들도 항상 그 뿌리는 따뜻한 심
장을 겨냥하는 법
다만 두려운 것은 두 눈을 뜨고 거울에 비친 내 얼굴은 보
는 일

삐죽삐죽 솟은 도깨비 거죽을 걸치고

금빛 은빛 채찍을 휘두르며 긴 사자 후를 할 때는 나도
신바람이 나서 휘파람을 불기도 한다

그 모든 한때의 모의도 산들바람의 순항도 모두 모이고
모여

질긴 야생의 습관으로 속이 꽉 차올라 아무것에도 점령
당하지 않을 때

황금색으로 자란 귀여운 도깨비방망이 하나둘 바람에
대롱대롱거리고

늦은 가을이 서서히 황금빛으로 죽어 간다

열매가 땅에 뚝 떨어질 날도 이제 얼마 남지 않았나 보다

적과

끽해야 일 년 저기 저 나무에 자리 잡고 앉은 별들

눈을 말똥거리며 작고 푸른 동공 속으로 안개가 흐른다

공평한 저울은 어디에 있을까 내 눈 저울이 바르르 떨린다

넌 나를 믿을 수 있는 거니

나뭇가지에 매달린 별들이 접시 비행기 타고 어디론가

화르르 날아갈 것 같다

하지만 나무보다 더 마땅한 자리가 세상 어디에 있겠어

나뭇가지에 남아서 거친 숨 몰아쉬고 있는 네 생의 동그란

열매들 하얗고 매끈한 살결들

햇빛에 반짝거린다 바람에 달랑거린다 나무속에 천사들이

옷자락을 펄럭인다

까만 씨 심장에 부푼 별나라 달나라

상큼한 나무 그늘에서 달콤한 잠을 자기도 하고 무서운

짐승에게 쫓기는 꿈도 꾼다

정의의 여신이 되기도 하고 정의의 천칭 변호사가 되기도

한다

이것저것 모두 향긋한 것만 기억하자고

네 몸속 자장 한가운데 있는 씨 다짐을 하기도 한다

사과나무에 열매들 이만저만 모두 다 같은데

무엇을 두 손아귀에 잡고 무너뜨려야 하나 누구의 목을

달랑 따야 하나

폭언도 하지 않고 거짓말도 모르는 저 아기 열매들의 무

죄를

　안개와 구름으로 유인해 터무니없는 죄명을 씌워야 하나

　쓰러져야 다시 솟는 자연의 역리

　숨은 열매를 땅에 버리면 자연주의 오감의 문장도 또한

땅에 떨어진다.

　향기로운 열매들을 초여름 부신 햇살 드리운 나무에서

　형틀로 사다리를 세워 형을 집행한다

　나무도 나도 같이 흔들린다

　아 어떻게… 어떻게… 손끝에 맺히는 땀방울 좀 봐

　나는 무슨 할 일이 그리 없어 이 궂은일을 알바로 하나

　죄 많은 내가 죄 없는 널 심판하나

　쓰러져야 다시 솟는 자연의 역리

　나무에 달린 열매 땅에 떨어진 열매

　이승과 저승의 냄새가 꿈틀댄다.

　초여름 지구가 한번 자전하는 날

　나의 은밀한 일용日傭이라

절벽의 수행자

산속에 길을 가다 발을 멈췄다
숨죽인 채 별들은 바위 결을 따라 푸른 빛을 흘리고
햇살을 담아 홍당무가 된 꽃잎의 가는 핏줄기가 퍼져가는
봄
붉은 달의 성채같이 눈에 고이고 스며든다

거미가 세밀하게 제도를 했는지 절벽 난간에
거꾸로 매달린 듯 하늘을 나는 듯
진달래꽃 한 그루가 생의 변천사를 써내려가고 있다
절벽에 매달려 달의 사열을 받을 때
중심을 잃은 것에 대한 인고의 역사에 대해 태곳적 말을
한다

땅 한 뼘 없어도 내 몸에 들어와 나보다 더 아파줄 약 같은
꽃잎들이
오색 빛깔로 번영과 즐거운 사랑으로 줄기차게 다가온다

낡은 벽에 가위 그림

정류장 옆 낡은 집 한 채
먼지가 잔뜩 묻은 고양이 울음이
개 밥그릇에 오솔오솔 돋아난다
돼지국밥 붉은 물에 노란 막걸리까지 젖은 바지 까고
북새 속 위태위태한 속 풀어헤친다
긴 창자로 힘차게 길어다 단숨에 맨발로 요동친다
갈지자도 허우적 허우적 울음을 운다

고개를 들고 앞을 보니
세상을 면벽하고
등 돌린 집 낡은 등짝에 붉은 십자형 가위 그림 크게 그
려져 있다

캄캄한 빈집에 내가 있는 꿈

앞이 보이지 않는다
구름 때문에
구름은 앉은키가 크고
무심한 뒤통수는 저마다 기형이다
몸 안에 물이 철벅 철벅
보이지 않는 곳에서 쓸쓸해지고 있다는 걸
구름은 모른다
더 가까이 가서 보면 모두 사라지는 것
적당한 거리로 앉아있는 게 세상에서 하나뿐인 집이라지
그곳이 도무지 앞이 보이지 않는다면
컴컴한 극장이라면 그 모습을 나눠주는 것만으로도 충
분하겠지
혼자 이야길랑 잊은 채 노곤한 잠 속에 빠져있는지
구름인 줄 알았는데 나는 한 페이지 가득 비뚤비뚤 걸
어간다
생전처럼 똑똑히 자식의 이름을 부르는
질퍽질퍽 어머님의 목소리가
숙아
자야
수야
구름인 줄 알았는데 빗속에 집이 잠겨있다
태풍이 온 나라를 휩쓸었지만

반달 모양의 초가집은 날개를 접고 흔들리지 않는다

식구들은 모두 집안에 모여 앉아 이야기 꽃을 피운다

비바람이 구멍 뚫린 창호지 안으로 들어와 불을 끄고

아버지는 불 꺼진 방안에서 불을 켜 단다

평생 살아온 집과 가난과 고단함에 대한 이야기가 마당

우물가로 조촘조촘 들어서고

세상에서 가장 맑은 우리들의 눈이 우물 안에서 반짝이고

있다

오지 않는 날들 풍경에서 소리가 다 사라지고

죽은 감나무 가지에 앉아 종일 귓바퀴를 쪼아대던

새소리도 날아가고

달을 놓치다

이름 없는 작은 풀꽃들
새봄이 너무 시려서 달그락 거리다
달을 놓치고

옹달샘 약수터에
노승이 두 손을 합장해
달을 놓치고

연두잎 수줍은 미소가 서러워
달을 놓치고

절 아궁이의 뜨거운 재를 만지다 괴로워
달을 놓치고

허공의 텃밭에 눈물 글썽이는 노을
기어코 핏물이 배인다

밤이 덜커덕 내려앉는 소리에
아주 잠깐 저승과 이승 사이에 달이 숨어
달을 놓쳤다

미묘사에서

달을 보면 각별할 거다

달이 환한 날은
내 안에 어머니 목소리가 들린다

처음부터 달은 네 안에 있었단다

연기

귀뚜라미가 엎드려 있다
밟힌 식빵처럼

거리를 두다가
거리가 사라져버렸다
방어벽이 무너진 것이다
죽음의 블랙홀

눈앞에 다가오는 맹수를 피해
땅 밑의 어둠이 몸 안으로 들어와
본능적으로 호흡을 멈춘다

나를 나락으로 빠뜨린 것은 무엇일까
또 누구일까
나일까 남일까
하늘일까 땅일까
나는 오늘 굵은 넥타이를 꽉 조여 매고 있다

한 발자국 두 발자국 절제된
삶과 죽음의 혈액형은 무엇일까
세상 어디에 저렇게 따끈따끈한 진실이 또 있을까
일 초 일 초 흐르는 시간을 따라

빼앗길 수 있는 생의 비밀
내 속에서 흘러나온 푸른색 붉은색 흰색 노랑색 검은색
보이지 않는 무수한 그림자들

맨발로 떠도는 몸
썩지 않는 검은 그림자
아무리 긁어도 찢어지지 않는다

나는 한 마리 귀뚜라미
가난한 계시에 중독된 듯
신이 되어가는 듯

무서운 맹수 앞에 죽은 척 연기하고 있다
언제 생의 단서를 발견할 수 있을까

따끈따끈한 뉴스

날개가 세상을 바꿀 것입니다

거리엔 팔짱 낀 사람들이 중얼거립니다

구월에 눈이 왔다고

이제 하늘도 계절도 믿지 못하겠다고

부동산 시장은 더 믿지 못한다 아우성입니다

올여름 더위에 칠 일째 운 매미가 자취를 감추자 집에서 울고 있던 강아지가 실종되었다고 합니다

멜로라는 말은 적당한 온도의 눈물이라는 뜻입니다

사람 새 매미 모기 파리 날개 눈물 비 이것들은 모두 거세게 울고 있다는 사실을 기억하는 것은 없습니다

인터넷 유튜브 악성 댓글 모두 짓궂어졌습니다

화성으로 탐사선이 날아갔습니다

매미가 나무 둥치에 붙어 웁니다 새가 나뭇가지에 앉아 웁니다.

수목장을 한 사람이 조사를 읽으며 나무를 향해 합장을 하고 또 겁게 웁니다

그저 그런 멜로는 없습니다

그저 그런 사람은 없습니다.

다만 마음이 불안할수록 복권을 사는 사람도 있습니다.

상반신만 보이는 아나운서의 말을 믿어야 합니까 아니면 뉴스를 믿어야 합니까

분란은 입으로 시작해 손끝으로 발끝으로 모입니다

머리끝에서 발끝까지 전신을 다 보여주는 댄서들의

스포티한 덤블링에

  속옷 속살까지 보일 때 마음이 캉캉 마구 흔들리면서 몰래 휘파람을 불며 온몸에 힘이 생기기도 합니다 그때 지구는 장난처럼 돌아갑니다

  흘러넘치는 꿈을 참지 못해 흘러넘치는 입을 참지 못해 흘러넘치는 구멍을 참지 못해 길거리에 숨어서 오줌을 갈기고 있습니다

  이렇게 참을 수 없도록 더 진지할 수 없습니다

  사람이 간직한 비밀이란 끝이라는 말 대신 골목길이 탄생합니다.

  사람이 간직한 비밀이란 구멍이 깊은 어둠이 깊은 각자의 비밀을 만지작거리는 화장실이 탄생합니다 냄새가 진동하는 똥을 캉캉 뽑아냅니다

  몸속에 돌풍이 일어나는 것을 막을 수 있는 최후의 수단이니까요

  몸이 구더기라 해도 한때 사기꾼이라 해도 속죄는 믿습니다 울릉거리고 출렁거리는 파도는 따끈따끈한 뉴스입니다

  시시때때로 외로움은 뭐라고 일기장에 쓰여 있나요

  새살이 차오르고 있나요

  겨울바람에 머리카락 한올 한올 휘날리며 새벽 기도 가는 광신도의 얼굴은 의심이 필요 없는 더 생생한 뉴스입니다

울음으로 이름을 부르는 것

울음은 이름이 됩니다.

나는 어떤 이름을 갖게 될까요

인간은 그 이름이 하도 많아 복잡합니다 블랙홀일까요

머리에 이름이 붙은 동물, 발끝에 이름이 붙은 동물

개중에는 꼬리에 이름이 붙은 사람도 있습니다

하긴 꼬리가 보이지 않는다고 꼬리가 없다고 하는 사람
들이 대다수입니다만

꼬리를 감추고 꼬리가 없다고 하는 종은 또 인간뿐입니다

새들에게 나는 무엇일까요

물고기에게 나는 무서운 짐승일까요

고양이는 사람을 대신할 말을 찾고 있을까요

입술을 부딪치며 서로에게 옮아가는 나뭇잎들은 새들은

인간과 상관없이 날아다니고 있을까요

물고기는 물고기들이고 새는 새들이고 고양이는 고양
이들이고

그렇다고 그 사이 아무것도 없을까요

같은 하늘 같은 땅에 모두 같이 살고 있는데

눈을 감았다 눈을 떴다

할 말이 참 많은 짐승은 물고기는 새는

나와 아무 상관 없이 뛰어다니고 헤엄치고 날아다니고
있을까요

수많은 단어 중에 정답고 우아한 이름은 없을까요

지렁이와 지렁이 모양의 젤리 그러면 조금 친근해지지
않을까요

사랑을 대신할 말은 혹 울음이 아닐까요

물고기들은 뻐끔거리던 입들이 짝을 찾을까요

부리를 부딪치는 새들은

정다운 만큼 가벼운 깃털을 세워 구애를 할까요

그것을 사랑이라 할까요 본능이라고 할까요 공포라고
할까요

꼬리가 없는 나는 왜 꼬리뼈가 아파 의자에 앉지도 못하고
잠을 모로 누워 잘까요

어떻게 할까요 나는 나를 몰라 꼬리 없는 낮은 울음을
울고 있습니다

새들의 울음은 몸살은 앓아도 왜 정다운 인사로 들릴까요

눈이 오는 여기

지지고 졸이고 겁나게 볶여서
기쁘게 터지다니 펑펑 터져서 눈에 잔칫상이라니
성게알 톡톡 물고기 알 톡톡 맛있게 터지더니 기뻐서 춤을
춘다
하늘에 내장 알 깨어진 하루가 홀딱 눈에 반했다
해변 가로등 아래서 눈이 눈을 서로 만난다
바닷바람에 탄 금이 간 입술에 눈이 하얀 분을 바른다
나는 이른 아침에 나온 백사장
나는 아직 여기이다
저 멀리 백내장 앓는 가로등 아래 뭍에서 떠도는 등대가
있어 고맙다
갈 곳이 있다는 게 얼마나 다행한 일이야
1월 1일에 건축 설계도를 그리고 있는 기분 같은 것이지
갯바람 찡하게 동백꽃 헤아릴 때마다
젊은 청춘 갈매기가 절벽 뒷골목까지 술렁댄다
눈이 잔뜩 묻은 고양이 울음이 누구를 부르고 있다
돌아가고 돌아가게 만드는 게 일인 사람
돌아가고 돌아오게 만드는 게 일인 바다
연속적으로 눈이 날린다
불연속적으로 눈이 흩날린다
그 눈송이는 말도 없이 여기 저기 가 닿는다
아직은 여기이다

여기가 허공이고 여기가 땅이고 여기가 절벽이고 여기가
갈매기고 여기가 눈이고

여기는 조금씩 젖어간다 조금씩 얼다 녹는다 조금씩 녹아
가다 언다

여기가 느껴졌었나 나는

사람 사는 세상으로부터 멀어지고 싶었다

의심이 뿐인 사람들 세상을

젖은 속눈썹이 얼었다가 아침 햇살에 조금씩 녹는다

부조리

총력을 다해서

눈을 감았어, 한 번도 가지 못한 세상을 떠올리면서 습한
냄새를 맡으면서 안개가 자욱한 속으로 뛰어들면서 걸음을
하나둘 세면서 곧추세운 두 다리가 전율해

눈이 마주쳐도 도망가지 않는 고양이
발끝을 모아 연신 바닥을 파는 새까만 눈동자를 쳐다
보았어 또 핸드폰 배경 화면을 바꾸다가 정치에 대한 새
업데이트 장치를 켜도 화면이 열리지 않았어
하늘 높이 날아가는 새를 쳐다보다가 세상이 복잡하고
힘들면 하늘로 도망가는 나를 생각하다가 길바닥에 넘어져
까맣게 피멍이 들어

불만은 저 하늘에도 있고 땅에도 있고
내 작업화 속에도 탁아소에도 있었어 어쩌면 하얗게
내리는 눈에서도 죄가 자라고 있는지 몰라

오후 두 시에 미세먼지 탁함 재난 문자 받고
딱히 할 일이 없어 나는 양말 속 같은 주머니 속 같은 내
집 속에 들어왔어

생일이 지나서 생일 축하해 문자를 받고 나는 나에게
시차가 맞지 않았어

생일이 지난 생일 선물이 탁자에 있어

나는 생날은 생일이라서 유쾌해지고 생일을 지나 또 생일이라서 유쾌해

나는 식탁 아래서 발을 흔들고 몰래 휘파람을 불었어

오후 세 시에 끝날 것 같지 않은 노래를 듣고 베란다 화분에 꽃을 봤어

눈에도 잔치 귀에도 잔치 코에도 잔치

두 개의 음 두 개의 박자 머리 위로 떨어지고 발바닥에 밟혔어 하하 혼자서 소리내어 웃었어

세상을 살아가려면 쓸데없는 말이 필요해

무겁고 불편한 이야기는 폭력 자기 자랑은 폭설

나의 실수는 나의 못난 이야기는 착한 말 폭소

고층에 산다는 건 허공의 기분이 들고 이곳은 마치 고립된 섬 같아 고개를 흔들었어 구레나룻 아저씨도 나도 선명하지 못한 사람

알아보지 못해도 이해할 수 있는 문장을 외로움이 필요한 만큼 나는 글로 썼어 글이 수북이 쌓여갔어

새로운 것을 찾는다는 것이 생명 경시와 자연 공해가 심해져 질병이 창궐하고 있어

부조리가 심해지고 있어 총력을 다한다는 것도 부조리일지 몰라

억지로 되는 것은 없다니까

잠깐, 쉼
눈꽃 핀 요양원

펄 펄

겨울 눈은 참 할 말이 많답니다

하늘에서 내려와 세상은 처음이라고 눈이 입을 열었습니다

세상은 참 모두 잠들었나 봐

도무지 닫혀 있는 입들을 봐

안개 짙은 강만 참방참방 푸른 말을 합니다

아옹다옹 우리가 귀를 흔들어 깨워봅시다

세상에나 꽃도 없고 세상에나 잎도 없고

흰 바퀴 굴리면서

우리끼리 휠체어 밀어주면서 하나의 낙오도 없이

흰 꽃을 피워봅시다

신세계 같은 꽃을

불온한 식탁에서 죄책감이 자라지 않도록 합시다

잠깐, 쉼

모두 하나 같이 현을 타 봅니다

눈감고 가물가물 바람을 따라가며 핑 돌아 떨어지는 하늘에 하얀 요정 하늘에 하얀 눈물

소리 없이 온 세상을 조금씩 두드리다 얇고 길게 반짝이는

흰 숨을 흰 쉼을 점점 찍어봅시다
　하나의 트랙을 번갈아 돌며 세상을 하얗게 다져봅시다

　어르신 눈감고 입을 오물오물 강아지풀 억새 어우러진
둔덕도 석양도 옛기억 하나 둘 돌아옵니다
　오늘은 일기가 좋아 할 수 없이 열차를 타고 저 멀리서
손녀딸이 오고 있다고 헛물켭니다
　뽀골뽀골 물고기 눈에 핑 돌아 떨어지는 눈물 한낮의
요양원 창밖으로 질끔 찍어 냅니다

　하루에 세 번 약을 먹는 늙은이의 귀에 기차 소리도 들리
지 않고 개개비 개개비 회색 울음소리에
　우리는 먼 나무 위에 앉아 잠깐 망설이고 있습니다 바람은
자꾸 우리를 떠밀고 갑니다

　하루에 세 번 약을 먹는 늙은이의 눈에
　서슬 퍼런 어릴 적 기백이 솟아 공깃돌 놀이하는 꿈을
꿉니다
　우리는 다시 돌아올 수 없이 하나 하나 죽어가면서 끝도
없이 하얀 꽃을 피워봅니다

옹달샘

고요한 땅
난쟁이 병사들이 땅에서 솟아 오른다.
차오르는 역한 기운
포화점을 넘는 찰나
뽀글뽀글 못을 치며
무엇을 찾는지
솟구치는 혀의 돌기들
최선의 방어가 공격인지
한 방울 두 방울 투명한 물의
덧붙인 소요들
저 끓어오르는 맹렬한 내 심장의 돌기들
온몸 짓이겨져도 치받아 버리며
더 일어난다
더 솟아난다
하늘이 땅에 빗물로 못을 처박아도
바람이 못을 처박아도
바위가 비스듬히 앞을 막아도
물의 투명한 뼈는 샘솟는다
차가운 흙의 가슴뼈도
작고 오목한 그곳에
금비늘 은비늘 빛살 좋은 봄날
한물간 초점 없는 내 눈알도 샘솟는다
한평생 주름 만 패인 내 얼굴같이

홍시

따뜻한 붉은 색은 대체로 몸에 좋았다
붉은색은 자나 깨나 나의 꿈
공중에 떠올라 너울거리는 감각도 좋았다
옷을 다 벗고 공중에 남겨진 나를 봐

바람에 동서남북 전후좌우 상하
흔들흔들
나는 너에게 괜찮아 괜찮아
너는 나에게 괜찮아 괜찮아
한 나무에 묶인 가지와 몸이라고

황혼도 산등선 따라 붉게 오고
앞섶 풀어 헤치고 서로 다 보듬은 채

달콤한 붉은 알몸
멀리서도 먹으러 오라고
공중에서 보시 중이다

날개 꺾인 나비넥타이

오늘은 어디로 갈까

아니면 그만둘까

이쪽과 저쪽으로 기우는 물음들

하루에도 수만 번

어디로 가시렵니까

붉은색 나비넥타이 매고

여왕의 국빈 만찬에

호국 열사의 조문에

하루에도 수천 리 수만 리 날았는데

주사기 꽂힌 멍든 팔뚝 들었다가 놓으며

나비야 이제 너 놓아주까

속에 숨은 별자리

그래도 조금 더 버텨 볼까

이제는 끊을까

나비야 너 이제 장롱 한구석에 몇 년째 좌정했나

길을 찾지 못해 속울음만 골만 번

나비 반지 차지 못해

한줄기 호곡이 맴을 도는 창가에서 문을 열면

기러기 떼 짝을 지어

먼 남쪽으로 날아간다

건망증

하얀 눈
물인 줄 알았는데 발광체다
소리 없는 비명이 태산보다 높다
내 마음에 담긴 소리는 그보다 더

가늘고 여린 그림책
강 건너 산에서 낮잠자다 들킨 고라니
누런 엉덩이를 흔들며 안개 속으로 도망치고

나를 뭘로 보고
이번에는 먼저 말하나 봐라

하얀 살 드러낸 앞산이 빙그레 웃음 지어
아! 또 내가
먼저 손을 들어 말을 건다

우리도 저 하얀 눈밭을 헤엄쳐 하늘에 가 닿았으면

식당가에서
–마음으로 먹는 식사

식당 안에서 나무 한 그루 풀 한 포기 만나 세상을 느끼며
가까이 가서 본다 중력이 없는 것도 날개가 되지 못한 것도
꿈을 꾸나 모조가 더 빛난다 물기가 없는 것들은 은박지나
종이 안경 같은 것 스스로 생을 나락으로 빠뜨린 꽝의 나쁜
확률일까 철썩철썩 홀 안에 물기를 찾다가 베트남 쌀을
만난다 붉은색 육류를 좋아하는 나는 붉은 육수가 좋아
복권을 산 기분이다 가만히 눈을 감는다 긴 마음속이 담긴다
벽의 칸 칸마다 외로움에 가득 차 있다 그래, 외로움은 늘
슬프지 시장하지 어딘가가 고파지면 사람들은 소리없이
식탁을 찾지 식탁 위에 가까이 가서 보면 나무와 풀과
소와 새가 시간을 거슬러 올라 내 안에서 움직이고 있다
나는 아이가 된 무한 소년 푸른 초원 위에 소꼬리를 잡고
풀밭을 뛰어다닌다 다시 눈을 눈감다 포연처럼 수증기가
피어오른다 나는 사내가 되어 담배를 뻐끔거리는 상상을
한다 한때 여행지에서 본 활화산이 종이 한 장 위에 누워
있다 큰 한지 부채 속에 약속의 땅 백두산 천지연이 운무
자욱한 천지로 사람들을 인도한다 한쪽 눈을 실명한 뿔 달린
큰 노루가 구름 속으로 사라진다. 한가롭다 가득하다 아이가
새어나간다 사내가 새어 나간다

한끝이 접혀있는 공간의 불빛 속으로 알바생이 들어온다.
그리고 사람의 이름을 부르듯 메뉴 이름을 추천해 준다

이국에 열기가 홀 안에 가득해지고 술안주처럼 트랜지스터 음악을 틀어 놓고 한 세기 속에 고여 있는 얼굴 없는 사람이 노래를 부르고 바스락거리고 위안을 주며 빨강 주황 노랑 초록 보라의 이국어를 덧붙인다

붉은색 외투 속에 깃털을 덮고 잠들었던 새들을 깨우듯 외투를 의자에 걸어 놓는다 참 오래 비행하던 새의 털 핀셋이 새의 털을 뽑았고 길든 칼이 살을 북 찢으며 소의 가슴을 파고 들어갔었다 나는 창을 꼬나 쥔 병사처럼 얇은 소고기 살을 붉은 육수 속에 담근다 소고기는 조금씩 줄줄 새고 사라진다 소는 태어났을 때부터 훌륭한 농군이었어 나는 오래전에 돌아가신 아버지를 불러온다 비행기도 한번 타 보지 못한 아버지를 비행기를 타고 온 베트남 음식 앞에 마음 속으로 수저를 올려놓는다 남향인 내 고향 집 한지문이 열린다 헛간 냄새 나는 집 마당이 나오고 대추나무의 따뜻한 그늘이 서성거린다 멸종하거나 멸종이 임박한 조류나 짐승은 아름답기 때문이듯 내 고향 집도 멸종해서 더 아름다운가

입과 목

나는 무엇인가 입인가 목인가
아니지 속이 검은 것을 보면 구름인가
너의 입술은 따스하고 나는 차거든
그러니 제발 날 놓아 줘
당신을 더 이상 사랑하지 않거든 제발 놓아 줘
돌고래 고무장갑 다 차거든
속이 다 캄캄하거든
당신은 담백한 저지방 우유
부드럽고 따스한 두 입술이 내 목구멍 속으로 죽 죽 죽
나의 우중충한 땅에서 꽃을 피우지 그래도 나는 항상
이빨을 감추고
구시렁거리며 무엇이든 물어뜯거나 삼키지 그러니 제발
날 놓아 줘
당신은 입을 아무리 사납게 벌려도 반달 모양 온달 모양뿐
아무리 차가워도 하나도 무섭지 않지
절망을 안고 두 팔을 펼치는 순간도 보름달 모양 아
름답지
나는 10분이고 20분이고 입만 벌리면
피 비린 냄새가 나고 배반을 밥 먹듯 하지
평생 집 밖으로는 한 번도 외출하지 않아
세상이 좋은 줄도 세상이 무서운 줄도 모르고
내 속에는 탐욕과 절망이 우글우글 거리는 캄캄한 내장들

뿐이지

　장미가 가짜 같다고 붉은 입술이 가짜 같다고

　한 달이고 두 달이고 똑 같이 피어만 있다고

　지난봄에도 지난여름에도 똑같았다고 담 뒤에 담이라고

　달 밖에 달이라고 나는 냉소를 지으며 지독한 말만 하지

　속이 비면 내가 더 무섭다는 당신은

　아니 숨어있는 것들은 숨어있는 시간은 죽었다고 제

멋대로 주장하는 당신들

　나와는 다른 족속이지

　당신은 동전만 한 입술로 끝을 곱게 구부리고

　담장 밖을 내다 보고 있고

　나는 끝도 없는 검은 자루 속에

　누구의 그림자이기에 구불구불 주저앉아

　세상에 온갖 것을 밀어내고 받아 들이고 있나

기도

가랑비가 내리고 나뭇잎 하나 동전처럼 떨어진다
진주 반도병원 1004호 환자실 창문 너머로
밤 배처럼 진주 남강은 흔들려 멀어지고
하루가 또 어깨를 짓누르는데
엉킨 길들 풀린다
자욱한 물안개 지피며
하루해는 저물고
나라는 무게는 거품뿐이라는데 나를 빼면 뭐가 될까
오가는 물의 결들은 온 세상에
수평의 모양을 그려 넣는다는데
오래 앓은 기침 소리도 밤 비에 젖는데
가슴을 적시는 일요일 예배당 차임벨 소리 황소걸음처럼
느릿느릿 울리고
암 투병 중인 어머니 두 손을 감싸며 기도를 한다
깊게 패인 주름살은 살아온 날을 몽땅 다 털어서 물굽이
처럼 출렁거리고
어머니 백발의 머리카락 하나 둘 빠지는데
내가 열병을 앓을 때 앞치마에 분주하게 손을 닦고
불 냄새 바람 냄새 풀 냄새 나는
그 손 접시가 깨지자 소리들이 쏟아진다
쨍그랑 부르르 떠는 울음소리 빗소리에 묻히는데
어머니의 봄 여름 가을이 떠나가는데

자갈밭 물안개 밟으며 걷든 달리든 검은 고무신은 얼마나
닳아 있을까
　하얀 갈대 흔들리는 강가에 빗발 더욱 굵어지고
　눈결 가득 넘치는 강물이 더 깊어가는데
　만날 일 없는 세상에 꽃은 또 피고 지고
　비좁은 병실에 누운 어머니 손 만지는 나는
　찬물에 손 담그고 쌀 씻던 때때마다
　울음도 씻어 안치던 어머니 그 손
　아직도 뭔가를 움켜쥐려는 의욕이 있는지
　두 손에 자꾸 힘을 준다

꿈 새싹 꽃

물의 결들이 온 세상에 수평 모양을 그려 넣는 거야
수직은 절망과 죽음을 부를 수도 있으니까
쏟아지는 햇볕 온기가 무한히 발병하는 오전
봄볕이 좋았기 때문에 과식한 나무들이 위산을 게워내는 중
세상에는 과로라는 말이 항상 존재했지, 태어나서부터
지금까지
허공은 서 있는 채로 조는 꿈이야
어둡고 복잡한 속을 숨기려 주먹을 꼭 쥐고 태어난 나와는
다른 부류
하늘은 안으로만 들끓어 오르는 우리들 오장육부와는
다르지
나는 언제쯤 벽이 없는 세상에서 활개 치고 날아볼까
두 팔다리를 세차게 앞뒤로 흔들어 본다
두 팔다리가 제멋대로 날아오른다.
나는 오른쪽 주머니에 사탕 하나 있는 남자
나의 얼굴 손 다리가 제멋대로 움직이면서 꿈을 꾸는 거야
나무는 나무마다 고립되어 아득하고 가지는 가지마다
외출을 하고 싶어
주저앉았다 일어섰다 하늘과 땅을 상상하며 예쁜 새를
부르지
하늘이 이렇게 환한데 말을 끊어서 미안하지만 불연
속적으로 봄바람이 불고

희디 흰 빛은 털어도 털어도 빛나고 있어

좋은 촉을 가진 사람을 만날 수 있을 것 같아

초록 천지는 편지 속 아름다운 글귀들

빈손이 차가워서 무섭다는 가지마다 긁혀 있는 눈에서 촉이 자라고

집 뒤에 담 뒤에 집 앞에 담 앞에 옥촉이 시작되어 내 입술이 더 따스하다

건너편에 세워둔 차 안에서 개 한 마리 차창을 긁으며 울부짖고

비어 있는 땅에 꽃을 꽂는 발걸음 소리 분주하다

하늘도 땅도 나무도 나도 바람을 품고 다닌다 불을 품고 다닌다

누가 바람이라 발음하면 바빠라 대답한다.

대답과 질문 사이에 수많은 예쁜 팔다리가 생겨난다

세상에 가장 빨리 죽는 건 악몽이라 믿으며

나는 남자 주머니에 달콤한 사탕이 있는 사람은 애인이 없다는 증거라는 말이 생각 나

오른쪽 바지 주머니를 손으로 더듬는다

사탕이 있다 주말 비좁은 산책로엔 빨강 파랑 노랑 여인들 웃음소리 끼워 넣어

온 세상이 무성한 화분 같다.

어머 당신들 마법사였군요

검진

몇 달 전 시작된 병원 생활에서
의사는 접고 또 접힌 풀밭 같은 내장을
모니터에 펼쳐 보여준다
그렇게 그 하루가 2인실로 들어오면
그 하루가 환해지면
심장과 위장 사이 소장과 대장 사이 다시 한번
골목길 정육점에 내걸린 듯
깨끗한 병상 두 개가 정육점 도마같이 선홍빛으로 싱싱
합니다
그 하루가 오면
고통이 병원 창문 유리 밖으로도 발효합니다
수술을 기다리는 발효의 금요일에 뿌연 거품이 풍부
합니다
알고 보면 초식동물들의 질서를 교란한 잡식동물들의
무자비한 살생이 확산되어 신종바이러스 균이
내장벽에 붙어 염증을 유발한다며 의사는 마른침을
삼킵니다
어느 수술이건 일사불란한 아침과 저녁 같이 분리되
어야만 됩니다
분리할 수 없는 건 수술이 불가능합니다
의사는 여러 가지 말을 소나기처럼 퍼붓습니다
저녁 시간은 긴 노를 저어 담벼락 건너 저편 집 불빛 속으

로 들어갑니다

그 하루가 오면

분리되는 것은 양떼들의 울음소리와 푸른 초원을 상
상하게 합니다

밤과 낮이 분리되어 하늘에 떠 있는 별자리를 모두 보
여주듯이

분리가 합치라는 것을 몸이 아프기 전에는 몰랐습니다

확신은 아니지만 또 모니터를 뒤적이며

모니터 전면에 피어오르는 안개에 싸여서 이제 내장
점조차도 보이지 않습니다

무뚝뚝한 남자의 말

나의 먼 데와 나의 가까운 데를 함께 묶어

다시 한번 검진을 해봅시다

마르고 기다란 사과껍질 같은 밤이옵니다.

할머니와 빈집

빈집 속에 눈이 잠겨 있다
할머니가 있어 아직 사라지지 않는
초점이 없이도 자전하는 지구본처럼
덩그러니 혼자 남은 빈방
초원 위를 뛰어가는 사슴들을 멀리서
그저 멀리서 바라보고만 있는 할머니의 시선
그 시선의 수심을 도무지 헤아릴 수 없어서
어딘가에 기울어진 채로 서 있겠지만 어디에 있는지 알 수
없는
무언가 보고 있겠지만 무얼 보고 있는지 알 수 없는
그녀의 눈 안에 뻣뻣하게 빈집 하나 걸려 있었다
빈집은 퇴행성관절염에 어깨 한쪽이 내려앉은 채
기울어가는 생을 붙들고 있다

초점 없는 물고기의 눈알이 할머니가 먹고 있는 빨간
국물에 빠져 있다
할머니의 뱃속에서는 심해어의 물고기 눈알 하나가
유영하고 있을까
붉은 국물이 피 같다고 입을 씻으러 목을 축이러 찾아간
옹달샘이
하얀 일회용 종이컵이었다
할머니는 하얀 머리카락을 얼굴에 감은 채

침을 흘리며 혼자서 줄얼거렸다

저 멀리 초원 위에 뛰어다니는 사슴들을 바라볼 수 없다

순간 할머니는 두 눈을 감았다

빈집의 담장 같은 할머니의 수직으로 선 손금을 따라가다

보면

평생 걸어온 길의 기울기와 그 길로 이고 날랐던

가난함과 고단함에 대해서

미처 하지 못한 말들을 빈방에다 새겨 놓았을까

손금마다 피어나는 점은 유폐의 점자들

붉은 물이든 입술이 출렁거렸다

훨훨

스산한 풍경 위로 바람이 불어간다
인생이 다 그런 것처럼
노래가 다 그런 것처럼
산까치 몇 마리가
앉았다 날아가며
떠난다는 말인지
돌아온다는 말인지
잎 다진 산을 하나 넘어서
훨훨 웃음소리인지
울음소리지 알 수 없는 말을 한다
아름다운 그곳
아픔이 없는 그곳 향해
훨훨 소리 지르며 날아간다
아릿한 그 소리
새의 소리인가 숲의 소리인가 구름의 소리인가
하늘에 박힌 그 입김이 더욱 깊어져서
솟구쳐 오르는 그리움과 함께
물결 스민 안개로 떠돌아 다니다
태양이 점 찍어 봄꽃으로 아득히 피워날까
안개 짙은 소실점
아스라이 보일 듯 말 듯

생각을 갈고 닦다 보면
말은 귀에 두었다고 누가 말할까

흘러내리는 안개 속에
떠나는 일을 하는 버스가 돌고 있다

산수유꽃

빛보다 더 많은 먼지를 섞어 만든
그늘을 끌고 모퉁이 돌아간 곳에
한 땀 한 땀 수를 놓은 꽃
무릎걸음으로 허공 길을 걷는다

세상에 가장 작은 소리까지 빨아들이고
손에 손을 깍지 끼운 합장의 몸짓
이른 봄 무거운 하늘 나눠 이고
허기진 세상 온몸에 꽃을 피워
차마 놓지 못하는 것들 주렁주렁 하늘을 오르는
그 환상의 호흡법

사는 건 먼지 수북한
그리움도 견딘다는 것

아무리 허리띠를 졸라매도 흘러내릴까
바지춤 추겨 올리듯 생의 냉기 움켜쥐고
몸보다 더 많은 꽃을 피워
산비탈 따라 걷다 길에 철퍼덕 주저앉아
숨죽여 부른다
그 수더분한 목소리로 가물거리는 꽃
제 뼛속까지 꼭꼭 채워

삶은 어느 벼랑 끝에 있어도
어느 험한 길에 있어도
꽃처럼 피고 그 향기 뛰어드는 것이라고
산수유꽃 숨소리 구례에서
지리산 가는 길에 쭈뼛쭈뼛 차오른다

겨울나무

겨울나무는 할 말이 참 많답니다
아무 표장도 없이 몸속으로만 물이 자랍니다
그건 물론 상생을 원칙으로 합니다
살기 위한 몸부림이기도 하죠
벽화엔 뿌리 없는 나무가 자라고
안에선 모르는 당신의 얼굴이 침묵으로 말을 걸고 있습
니다
거리마다 골목마다 아무 표정도 없는 얼굴로 기도를 하고
있습니다
돌부처들

들개의 이빨을 다듬으며 거친 시간이 지나간 후
이렇게 따뜻한 태양은 처음이라고 나무가 입을 열었
습니다
참 오랜만에
도무지 닫혀 있던 입
동산의 나무가 말을 합니다
눈이 눈을 보고 있습니다
꽃도 없는 꽃을 보고 있습니다

나를 화석으로 만드는 방식으로
스스로 침묵하고
죽은 자가 산자를 향해 기도하는 시간이 지나가고 있습

니다

　내가 조금씩 자라고 있다고 살아 있다고
　문장 바깥의 나와 말을 하고 있습니다
　나는 나무
　이빨을 다듬으며 뼈로 기도를 바칩니다
　하얀 피부 위에 부푸는 눈
　눈에서 꽃이 피는 건 자연의 이치고 꽃이 지는 건 희귀
라고 칭합니다
　이제 눈은 언제나 나의 밖에 있습니다
　알지도 못하는 새가 날아와 안부를 묻고 있습니다
　우리는 같은 하늘 아래 같은 공기를 마시고 있습니다
　나도 이제 유쾌하고 재미있는 사람이 되어야겠습니다
　토슈즈를 신고 빙글빙글 춤을 추고 나를 밀고 갑니다
　한 바퀴 두 바퀴 세 바퀴
　바퀴를 따라가면 사방의 벽도 지붕도 없는 세상이 나
옵니다
　나는 꿈에서조차 숨 쉬는 방식을 배워 발끝을 최대한 세워
걷고 달립니다
　창문 너머로 저 멀리 밖을 보면
　연두색 유니폼을 입은 서슬 퍼런 나무들이
　세상을 덮을 것 같이 자랄 것입니다

모래사장과 나

바람이 불고 있습니다 반쯤 젖는 발등

백사장에 몇 그루 나무

모두 다 같이 사는 집입니다

깊게 패인 주름 고랑엔 살아온 날의 물굽이 출렁거리고
그것은

백발이 되어 버린 어머니 같습니다

자꾸만 사라지는 발자국

누군가에게 나는 발자취로만 존재합니다

또 소문으로만 존재합니다

내가 햇빛을 희망이라 말할 때

가끔 사람들은 헤어홈 카메라라고도 하고 적외선 카메
라라고 합니다

모두 속도 모르고 하는 말이지만 무엇이 하갈동구인지 모
릅니다

만나고 헤어짐도 밀물 썰물

나는 파도 소리 첫음절에 기우뚱 흔들립니다

목이 긴 삶의 흔적이 길 하나 만들고 있습니다

나무는 나무인 채로 코숨을 쉽니다

비워둔 괄호 같은 두 뺨에 노을이 밀려옵니다

꽃피는 해변 따라 닿고 싶은 오십견의 저 절벽을 에스키스
하고 싶습니다

햇빛 속에 흔들리는 바람의 오차들

층층마다 멈추는 엘리베이터같이 아무도 타지 않았습니다

바람도 햇볕도 파도도 저 혼자서도 만원이 되어버렸으니까요

해변은 사람들의 발자국에 스르륵 엘리베이터같이 움직입니다

스치면 베이는 얇은 종잇장에도 누명과 모함은 숨어 있죠

무게란 어떤 걸까요

발자국을 옮겨도 알 수 있을까요

엘리베이터와 나무 위의 새의 낙하 속도는 무엇이 더 빠를까요

엘리베이터는 떨어질 때 날개를 접지 않습니다

어둠의 봉지에 싸인 이 밤 모래사장은 언제 사라질까요

아닙니다, 파도가 있는 한 모래사장은 진실입니다

모래사장을 가로지르는 발을 옮길 때마다 만들어지는

발자국은 거짓입니다 사람은 더 거짓입니다

단의 노트에 써놓은 뼈만 남은 영혼 같은 모래는 이 캄캄한 밤에도 은빛으로 반짝입니다

더 모호해진 저 달빛들

해변 속에 모래알 같은 태초의 나는 진실일까요

반쪽의자

슬픈 시를 쓰려니 배가 고팠다

썼는데 해가 산을 넘어오지 못해 앞산의 반이 그늘이다

구름의 느린 몸짓은 어디로 갔을까

태양의 팔다리는 가벼워졌을까

남겨진 앞산의 그늘이 빛으로 다 채워졌다

2인용 의자에 나 혼자 앉아 있는 건 미완성이다

날아온 흙먼지 때문에 앞이 보이지 않는다

때때로 딱딱한 것도 안락함이 되는 걸까

그래 슬픔은 늘 어딘가가 고파지지

세면대 위에 틀니를 내려놓듯 덜컥 시를 내려놓고

맨살의 허공을 은밀히 밝히고 있는 햇빛으로 나를 풀
어놓는다

내 옆구리는 쭈그리고

밤은 어제보다 더 커지고

슬픈 시까지 사라졌다

어딘가가 고파지면 또 울컥하고 시가 올까

거품 같은 바람을 삼킨다

바람을 씹는다

건더기라곤 없는 것들

혓바닥이 마르고 버썩거린다

그래 뭐든 버썩거릴 때가 있지

눈을 이리저리 돌려도 시는 말랐구나

쪼그리고 앉아 있는 꼬리뼈가 먹먹하다
두 손은 나도 모르게 컴퓨터 자판 위에서 떠난다
시는 쓰는 게 아니라 만나는 것일까
최초의 의자는 흔해 빠진 2인용
나는 가까운 사람을 익숙할 때 놓친다

연못

나뭇잎 떠있는
오래된 연못에
개구리 한 마리
몸을 던진다

인연의 사슬을 끊고
나를 던진다
그곳은
꽃피는
늪

물결이 퍼진다
그 속에 숨소리를 거두는 뿌리가 있다

피안은 치열하게 경계가 무너진
둥근 연근이거나
그 속에 빈 구멍들일까

나무 위에 새 울음소리 퍼진다
나뭇잎 위로 걸어도
개구리 발이 물에 빠진다

내가 물에 빠진다

연못 안에
개구리 흔들린다
나 흔들린다
사바의
늪

연당에
나뭇잎 흔들리지 않는다
연뿌리는 더 흔들리지 않는다

침대는 봄

나무에게 몸으로 물을 주는 건 너에게서 달콤한 봄 냄새가 나기 때문

푸른 봄이 아지랑이처럼 오기 때문 오늘 아침 주변에 봄이 너무 많아 몸으로 세상에 물을 주는 너는 분주하지 걷던 길에서 방향을 조금 틀었을 뿐인데 겨울이 알려주는 장례 습관 따윈 이제 사라졌어 환한 길 찾아가랴 막힌 길 돌아가랴 혼자서 사는 사람 두 뺨의 외로움 밀어내랴 온대성 꿈을 꾸랴 아열대성 비구름 몰고 오랴 잔잔한 빗소리는 자꾸만 사라지는 누군가의 발자국 소리 같기도 하고 불면증 치료 음악 같기도 해 나는 일용노동자 오늘 아침 불쑥 비가 와서 좋기는 해 침대는 나에겐 봄이야 이건 나의 일방적인 편애일지도 모르겠어

공복은 예비의식이기도 해서 침대는 항상 공복 상태를 유지해야 해 단순해질수록 좋다니까

오늘 나뭇가지의 젖은 속눈썹 끝이 일어서는 걸 봤어

나는 침대에게 몸으로 물을 주고 있어

침대 위의 휴대폰 속 함께 찾아가는 인터넷 쇼핑몰들 유투 버닷컴 검색하고 사건들을 클릭하고 닫는 동작은 비릿한 욕망의 손안에서 놀아나는 일이야

휴대폰 창에 불이 들어오면 뜨거울 줄만 알았지 끝이 보이지 않아 무의미해

나무에게 몸으로 물을 주는 건 참으로 명료해 내가 침대 커버처럼 단순해지는 것처럼

나는 가만히 눈을 감고 실로 엮은 가방을 메고 여행해

흐릿한 해안선이 수평선으로 매달려 있고 나직히 우는 뱃고동 소리가 귓속말같이 퍼진다

하얀 모래사장이 보이고 그때 누구랄 것 없이 녹아 흘러내리지만 언제나 당신은 젖지 않지

내 사랑 남해 앞바다 모래가 서걱거리는 2층 민박집이 보이고 녹색 갈매기도 하늘을 날아오르지

목마른 삼월 하늘엔 봄나들이 중인 구름 풍년 비 풍년 꽃 풍년

지난밤 겹구름의 무게를 뒤로 밀치고 피로를 걷어내고 비로소 아침 일찍 자리에서 일어난 봄을 부르는 비가 오자 온 세상이 기도를 하고 세수를 하지

이것은 하늘이 내일의 공복 위에 던져줄 봄의 레시피

내 침대는 사계절 한결같이 잠의 예비의식이기도 해

침대는 때때로 꿈과 현실 사이에서 철없이 스프링을 쿨렁거리기도 해

몸으로 물을 주는 푸른 비는 여전히 아지랑이 같이 가물가물 오고 있어

각가지 감정의 재료들을 봄비로 만들어 쏟아부으면 나는 한 끼의 제대로 된 꽃밭 휴식을 취할 수 있어

내 침대는 오늘 아침 봄 그네를 타는 중

온갖 얼굴 온갖 소리

커튼콜 열자
다시 무대가 열리고 있다
검은 휘장 속에서 네가 걸어나오고 있다
온갖 모양으로 오고 있다
온갖 소리들이 폭죽처럼 쏟아져 내린다
맑고 맑은 온갖
온갖은 사방팔방에서 온다
온갖은 푸르게 붉게 물들면서 온다
온갖이 무수한 쉼표로 떨어지고 있다

세숫대야는 온건한 온갖 면을 받아내고
위층에서 다시 아래층 사람이 다시 온갖 면을 받아낸다
층층의 온갖 면면들

발바닥을 옮기지 않는 담쟁이들의 온갖 발들
사다리가 담쟁이를 눌러도 담쟁이들의 온갖 발과 온갖
입으로 사다리를 점령하네
철근 줄보다 더 단단한 온갖 담쟁이 넝쿨들
한편으로 모여드는 온갖 것들

임대 희망아파트 온갖 창과 창 사이에
새 한 마리 끼어든다

온갖 발버둥 치다 다시 온갖 앞면도 뒷면도 없는 온갖 하늘로 날아간다
온갖 것이 발버둥 치고 날아다닌다

나는 거울 없이는 내 얼굴도 보지 못한다
온갖 얼굴이 온갖 얼굴을 보지만

새장 주변에는 늘 머리카락처럼 온갖 가벼운 그 무엇이 어지럽게 흩어져 있다
시련이 그 온갖을 날개하는 꿈일까
온갖 노래는 온갖 울음일까
온갖 울음은 온갖 노래일까

온갖이 웅웅 피어나고 웅웅 쏟아져 내리고 있다.
온갖 바람에 온갖 나뭇가지가 온갖 나뭇잎이 토끼처럼 뛰고
길고 가는 손가락 갈라지고 강에 온갖 물방울 소용돌이 치고
일렁이고 산란한다

왕벚꽃

나는 식물
하늘도 땅도 모르고 계절도 모른다
문이 열릴 때면 내 몸에 칼이 들어왔다
칼자국을 보고 있자니 무슨 선이 이렇게 많은지

유치원에 고사리 손발들이 모여들어
자연 공부를 하겠다고 칼로 연필을 깎겠다고
대뜸 칼을 대어 버렸다

칼이 무엇인지 모른다
나도 너도

칼날에 나무가 잘려 나가고 연필심이 나온다
한 손으로 연필을 들고 뭉툭한 연필로
버려진 나무들을 데려와 가로수 숲을 그린다

나는 내 몸 안에 퍼진 독한 피가 나온다
나무속의 심에서 먹이 나온다

나무의 빈 곳을 나무로 채우는 일은
당신에겐 매 해의 힘든 노동이다
고달픈 공성의 날들

깊은 곳으로 들어간다는 건 박힌다는 것인가
밝은 곳으로 나온다는 건 꽃핀다는 것인가

나무는 노동을 노동이라고 부르지 않는다
바람이 나무에 깃들고 물이 나무에 깃들고
어린 꼬마들의 동그란 눈동자가 나무에 깃들고

온몸 가득 달콤한 식물성의 냄새가 차오른다
칼금이 간 선에서 하나하나 꽃이 피어난다
온 세상에 순백이 흘러넘친다

새 옷을 입은 나를 봐
나는 왕벚꽃
초롱초롱 맑은 눈으로 먼지 낀 허공을 비질하며
우는 꼬마도 슬픈 사람도 오라고 다정하게 손을 흔든다

환절기

낙엽이 흩날리고 떠나는 너의 뒷모습은
출항하는 바다에 비친 빨간 등댓불 같다
밤새 찬바람 서리 삼킨 너는
괜찮아 거짓말하며
떠나가는 발걸음
울음소리 부스러진다
이미 멈추어 버린 심장
뜨겁게 피었다 차갑게 졌다
너는 이제 웃지 않는다
여민 옷깃을 풀고 햇빛에 기대어 본다
무엇이 그리 바빠
돌아오겠다는 편지 속
글귀도 한 자 남기지 못하고
속옷 고름 매듭까지 다 풀어
앙상한 뼈 다 드러내고
무심한 표정으로 도망친다
환생의 나날
지나가는 계절 끝에
바람이 분다

수정

아득한 세상을 돌아 꽃잎에 날아든 벌
모래바람 부는 방이 공중으로 떠올라도
문득 스친 눈빛에 안절부절 숨 못 고른다
수만 번 눈물로 심은 수술
온몸의 빛과 어둠을 들어 올려
물과 바람 별과 구름 속에서
벌레 같은 목소리로 살고 싶다고 소리치며
고독과 불안한 이름 위에도
상처난 꽃잎 위에도 꽃등을 걸어 주고
서리 내린 이른 아침 비바람 시샘 속에서
몸 살짝 돌려 앉아
가는 발을 떨면서
하늘이 내린 인연인 양
눈시울 붉은 꽃
아픈 밥을 먹여주는지
꽃 빛 물든 간절한 소망
윤기 나게 닦아 구름 속인 듯 꽃 속인 듯 심어놓고
일상은 언제나 꽃의 중심에서
당신과의 약속인 듯 벌벌 온몸 떨어
두 발 비비고 모우면
조화를 이룬 하늘 한 편이
억겁의 윤회를 하고 있는지 윙윙거린다

빨래판

나는 찔러도 피 한 방울 나오지 않는다 심장도 모세혈
관도 없으니까

한때 귀부인의 소유였다는 나는 벼락을 맞고도 고운 결을
가진 고급 서각용 나무판이었다

한 세기의 상형문자와 예술을 꿈꾸며 살았고

수많은 이탈이 허용되어도 언제나 파장의 중심에 있었다

세상의 평안을 꿈꾸지 않은 것은 예술을 위해서였다

문자와 나무의 기억은 누군가의 꿈속 같기만 한데

음각 양각 둘의 계산법이 정확하게 맞물려 돌아가다 난
누구의 꿈에서 떨어진 고급문장이 될까 상상도 했다

세상의 응원을 받고 질주할 때야 귀한 대접을 받았지만

내밀한 관심을 받지 못하고 세상 밖으로 이리저리
내몰리다가

골목 홍수에 휩쓸려 강물에 표류하다

사나운 사내에게 무수한 칼금으로 고문을 당하곤

이제 평범한 아낙의 가사 도우미로 팔려 온 것이다

나는 비누 거품 먹은 젖은 몸으로 상상한다

비좁고 답답한 이곳을 탈출하고 싶은 유혹을 느낄 때
도 있지만 마구 두드리는 탱글탱글한 화음에 흐트러진
감정을 일으켜 세우지 그때마다 어떤 정교한 손길이 나의
구석구석을 만지고 치대어 온몸이 짜릿하고 몽롱해져
사상이나 예술을 새롭게 느끼며 대중적인 클래식 음악회

같은 리듬으로 바뀐다

스스로 아무것도 규정할 수 없는 나는 그녀의 기분에 따라 복잡한 음률로 구성된다

마찰음이 강할수록 구름이 머무는 시간은 짧지만

경쾌한 음으로 때론 민무늬 음으로 나는 단단해지기도 하고 화려해지기도 한다 단조 장조 등

나는 나무의 순결과 나무의 억결로 산다

나는 무엇인지 죽어서도 고단한 일을 한다

다만 수동적으로 반응할 뿐이지만

골과 골 사이 많은 골짜기들. 그 기울어진 곳으로 온갖 허물을 보낸다

그 기울어진 곳은 바람골이기도 하고 소리골이기도 하다

가끔 트램펄린 소리가 나기도 하고 떨어지는 폭포수 소리 같기도 하고 아이들이 첨벙거리는 개울물 소리 같기도 하다

나는 그녀가 방망이로 숱하게 때릴 때마다 탱글탱글한 화음을 일으켜 세운다

별이 내 몸에 침투해 보이지 않던 먼지가 보일 수 있게 하고

그녀의 손길에 온몸을 맡기고 나면

나는 물의 끈적끈적한 화음으로 몽롱해지기도 한다

그녀 표정은 음과 양으로 갈리기도 하지만

깨끗한 옷으로 세상을 각인시킨다

마무리는 옷 속을 떠돌던 먼지가 사라졌을 때

그때 지구도 잠시 멈춘 듯 호흡과 호흡이 어긋나지 않을
때

헛기침도 음악이 되는 세상에 나는 다시 젊고 힘찬 소리를
꿈꾸며 그녀의 손길을 기다린다

나는 세상의 고가 없다

수선화의 인사방식

수선화는 우리에게 아름다운 머리 숙임을 보여준다

미용실에서

나는 오늘 이발소 대신 생전 처음으로 미장원에 갔어요
소리 속에 집이 잠겨 있어요
바닥이 웅웅 그려요 잘려 나간 머리카락이 물고기의 검은
내장처럼 버려져 있어요
헤어드라이기 바람에 풀잎처럼 흔들리는 머리카락들
장중한 리골레토 음악이 머리카락들을 만집니다
LED 불빛에 요정이 되어버린 헤어샵은 은빛을 풀어
헤칩니다
화장품 냄새 번져 오는 오후 자꾸 이야기하다 보니 일이
생깁니다
기분이 달라지고 다른 사람이 된 것 같아요 기분 탓인가요
모두 수다쟁이가 돼서 오물오물 오래 씹어 쉴 새 없이
꺼냈어요
나는 숨소리를 죽이고 구석에 앉았어요
커피믹스 한 잔을 배경으로 콧김을 불어대며 홀은 그림자
놀이로 술래잡기를 합니다
미용사는 이야기라면 해도 해도 할 게 많다고 상황을 주
시하지 않아도 될 말들은
저 무성한 나뭇잎이잖아요 이리 와서 들어봐요 늘 같은
이야기지만
나는 얼굴이 붉게 달아올라 머리를 숙여요
안개 물방울 뿌리고 뿌려 머리카락이 부풀어 올라요

아 미역 줄기처럼 늘어져요

살찐 마젤란 펭귄들 다이어트는 오래 가지 못한다며
허리는 매끈하게 골반은 볼륨 있게 하는 지방흡입 지방이식
수술은 365mc 서울 병원이 최고라 하고 허리라인 매끈한
개미들 뭐니 뭐니 해도 건강미에는 수영장 골프장이 최고라
하고 미가녀들 외모도 마음도 매너도 직장도 좋은 훈남들
이야기들로 늦은 봄날의 오후에 어김없이 머리카락에 중독된
여자들이 헐렁한 머리카락을 가지고

슬그머니 도깨비바늘까지 머릿속에 들어와 영역 다툼까지
한다고 툭툭 머리를 만지면 못된 것은 모두 잘라라 한다고
손끝 하나 까딱 않고 홀을 꿰차고 앉은 그녀들

그러나 입 하나는 기막히게 잘 듣습니다

늘 같은 이야기지만 오늘은 누가 극적인 요소를 하나 더
추가할 것 같다고 말하는 미용사의 현란한 손질은 계속됩
니다 머리 뿌리가 꿈틀거려요

희끗희끗한 젖은 구름이 바닥에 수없이 떨어져요

무성한 머리카락은 무성한 화분 같다며 또 뿌리가 없는
머리카락도 없다며 말을해요

미용사는 거미 다리 같은 손가락으로 사뿐사뿐 머리카
락을 잘라요

몸이 생기기 전부터 손가락만 있었던 것처럼 손은 사람을
지나 가위를 들고 허공에서 춤을 처요 머리에서 요란하게

싸우고 있던 헝클어진 머리카락들이 떨어져요

차를 마시든 간간이 웃음소리를 섞어 잡담을 나누든 신경
쓰지 않아요

유리문이 열린 때마다 문 쪽을 향해 어서 오세요 꽃무늬
인사를 해요

아무도 점령할 수 없는 나라의 국경 같은 먼지 낀 검은
숲길을 달리며 힘겹다는 듯 고개를 숙였다 들어 올리는 헤어
디자이너는 세포 호흡하며 십 년은 더 젊어졌다고 아름다운
장미로 변신했다고 내용정리를 덤으로 해요

문을 열고 나서면 순식간에 늙어버릴 얼굴들

실직

오랜 장마라는데 날리는 모기들이 눈에 끼여든다
빠지고 싶어 했던 깊이가 있었다
열리고 닫히는 문을 열고 또 열고
장마가 다 지나가도
비는 오지 않았다
구름도 많았다
이별 후
가장 멀어졌을 때 오기 위해 하늘에 내내 멈춰 있었나
첫 문을 여는 것이 그렇게 어려운 일이었나
구름이 구름을 간음을 하고
온몸에 실핏줄을 감고
노래 하는 듯 우는 듯
어둠 속에 갇혀 있는 갈망
긴 후식을 취한다
세상이 딱딱하게 자라고 있을 때
멈추지 않는 심장박동
허공에서 떨림이 온다
집들은 모두 문이 닫혀 있고
무서운 표정으로 폭포수 쏟아지는 소리가 난다
출구 찾아 헤매던 실직의 시린 나날
반지하 쪽방에서는 문이 안에서 닫겨있다
귓볼을 부빈다

엄환섭 제8시집

풀

초판 인쇄 2022년 9월 20일
초판 발행 2022년 9월 25일

지은이 엄환섭
펴낸이 홍철부
펴낸곳 문지사

등록 제25100-2002-000038호
주소 서울특별시 은평구 갈현로 312
전화 02)386-8451/2
팩스 02)386-8453

ISBN 978-89-8308-582-5 03810

값 10,000원